彼 *bǐ àn* 岸

文匯出版社

U0746639

图书在版编目（CIP）数据

彼岸 / 林克俭著. -- 上海 : 文汇出版社，2025.
8. -- ISBN 978-7-5496-4543-5

Ⅰ．I247.5

中国国家版本馆 CIP 数据核字第 2025ZC1993 号

彼岸

作　　者 / 林克俭
责任编辑 / 乐渭琦　周卫民
装帧设计 / 台州经纬文化传播有限公司

出版发行 / 文匯出版社
　　　　　上海市威海路 755 号
　　　　　（邮政编码 200041）
经　　销 / 全国新华书店
印刷装订 / 浙江经纬印业股份有限公司
版　　次 / 2025 年 8 月第 1 版
印　　次 / 2025 年 8 月第 1 次印刷
开　　本 / 889×1194　1/32
字　　数 / 160 千
印　　张 / 7.5

书　　号 / ISBN 978-7-5496-4543-5
定　　价 / 42.00 元

目 录

第一章　入狱之初

一

初春季节，春寒料峭，乍暖还寒。2月的江北，冬日虽尽，但余寒犹厉，一望无垠的乡村山野，仍被冰冷的寂静所笼罩。

上午9时许，天空彤云密布，雪花漫天飞舞，刺骨的寒风吹到脸上像刀割一样，路上的车辆和行人寥寥无几。

在北山通往黄龙监狱的高速公路上，一辆蓝白相间、鸣着警笛的警车，迎着扑面而来的风雪，自东向西，风驰电掣般疾驶着。

这既是一辆警车，又是一辆押运囚犯的囚车。车前舱坐着两名押运囚犯的武警和一名看守所的民警，后面囚舱里关押着八名戴着镣铐的囚犯。这辆车的驶出地是北山县看守所，目的地是江北黄龙监狱。

我和其他七名同犯一起呆呆地坐在囚舱里，个个情绪低落，脸色阴沉，犹如僵尸一般。

随着车轮的滚动和车厢的颠簸，我的脑海里也渐渐泛起了思绪的波澜。触景生情，我想起自己当年在单位上班时坐车的情景，那时不仅有专车专驾，而且还有秘书和办公室主任跟随相伴，虽说不上前呼后拥，但多少有点派头和风光。如今却戴着镣铐坐在警车囚舱里，相伴之人都是因触犯了国家法律而被社会所唾弃的戴罪之人，真是有苦难言、奇耻大辱啊！

我思着想着，突感心里一酸，那冤屈和痛苦的泪水渐渐模糊了我的双目，滴湿了我的衣襟。

"品书记，你在想什么？怎么眼眶都红了？"坐在我对面的同犯老王突然打断了我的痛苦回忆。

"没什么，就是想家、想亲人了，心情有些不好。"我强打起精神答道。

老王是我同镇的老乡，在看守所时，他也和我是同监室的室友。他出事前是开小饭馆的，这次是三进宫了。第一次是与人打架，致使对方轻伤一级，被北山法院判了一年零十个月；第二次是捕杀野生动物，被北山法院判了两年；这次是醉酒后交通肇事，又被北山法院判了三年零八个月。他因坐过两次牢，对监狱里的情况了如指掌，人家都称他为"监狱通"。

老王也以自己精通监狱内部情况为荣，不仅乐于接受这个"雅号"，而且还像宣传员、讲师一样，经常向大家讲起自己在监狱里的经历、所见所闻，以及各种趣事怪事。尤其在昨天晚上，看守所让我们今天出所入监的八名犯人同住在一个监室时，通过互相交流、一问一答的形式，他给我们上了一堂别具一格的监狱知识普及课。

我清楚地记得，昨晚第一个向老王提问的是同犯李加根。他问道："老王大哥，明天我们都要进监了，那我们要进的是什么监狱？那里的条件、设施怎么样？"

"这个我清楚。"老王爽快地答道，"明天我们要去的监狱名叫江北黄龙监狱，这个监狱是同我们北山县签约的定点监狱。凡从我们北山看守所送出去的犯人，一般都会被送到这个监狱服刑改造。这个监狱从大规模扩建、改造到现在只有七八年时间，里面的房间、设施及环境都是很不错的。再加上它离我们北山县比较近，大约只有一小时车程，我们家里人过来会见也是很方便的。"

"听说监狱里有个叫入监队的地方，我们新进去的人都要先去这个地方进行改造；还听说在那里的日子是很难过的，有这种情况吗？"同犯小杨问道。

"是的，是有个叫入监队的地方。我们明天被送进监狱后，都要先到入监队接受一个多月的入监教育及强化学习和训练。在入监队这段时间，确实比在看守所里的日子要难受很多，但咬咬牙、熬一熬都能过去的。我不是也熬过去两次了吗？等到入监教育结束后，会把我们重新分配到各监区下面的分监区，从这时候开始，我们就进入常规改造场所了，这日子比入监队及看守所都好多了。"老王认真地回答道。

"老王，你刚才说的常规改造场所就是每天要参加劳动的劳改队吗？"小杨追问了一句。

"对对。"老王接着解释道，"我们被重新分配到分监区后，主要的改造任务是生产劳动。那里有个改造模式叫5+1+1。什么叫5+1+1模式呢？这个5是指每周五天劳动，即每周二至周六；第一个1是指每周一天学习，即每周一；第二个1是指每周日一天休息。"

"老王，我问你一下，那监狱里的劳动都干什么活？学习都学些什么？休息又都做些什么呢？"同犯老张插话问道。

"劳动是以做服装为主的。"老王解释道，"比如有的车间是做西装的，有的车间是做衬衫的，有的车间是做内衣的，也有个别车间是做箱包的，但都是流水线作业，每个人管一道工序。如果你手脚慢完不成任务，或卡了下一道工序，都会受到相应的处罚。学习是以'三课'内容为主的。什么叫'三课'呢？一是政治课。学习内容是看中央新闻、读时事政治、听各级领导点评讲话等。二是文化课。学习内容是以扫盲识字，初小、高小语文课补习及练习写日记、书信等。授课老师都是从犯人中筛选出来的'教员'，兼职不脱产，但分监区是有考核分补贴给他们的。三是技术课。学习内容主要是听外聘专业技术人员讲解服装专业知识，授课是以现场讲课与视频授课相结合的方式进行。对于以上所学的'三课'内容，年终监区都要组织劳改犯，也称学员进行考试，对于考试成绩好的人会有分数和物品奖励，而考试成绩差的人则要受到批评教育及处罚。休息是以自由活动为主的。周日这天，除了集体安排理发、进储藏室存取物品及到超市购物外，其余的时间都是由犯人们自行安排各项活动。这也是一周内相对自由和开心的一天了，大家可以找同犯聊天、看电视、看书报、写信件、下象棋、走军棋、打亲情电话及与家属会见等。这天挺舒心快活的，可惜一周只有一天，太少了点。"

"老王，你刚才说劳动和学习不好的人都要受到处罚，请问监狱里对犯人有哪些处罚？最严重的是什么样子？"同犯邓超问道。

"监狱里对违规违纪及完不成学习和劳动任务人的处罚，大致上有四种。"老王解释道，"第一种是批评，是最轻的一种。对于受到批评处理的人，基本上是不会造成什么影响和后果的。第二种是训诫。对于受到训诫处理的人，其影响和后果不是很大，就是到月底结算考核分时，会被扣减两分。第三种是扣分，针对的是严重违规违纪的人。对于受到扣分处理的人，其影响是很大的。除了月底结算考核分时要被扣减五分以上，还要重进新犯组接受强化教育一个月。如果你这个月或下个月要申报减刑、假释的话，那就不给你报了，起码会推迟一至两个月再给你上报。此外，你下个月的拨打亲情电话及与家人会见也被停止了。因按监狱规定，在正常情况下，每个犯人每月可打亲情电话及会见家属各一次，若待遇等级高的话，每月可享受两次。一旦你被扣了分，这一切都泡汤了。还有更重要的一条规定，凡被扣过分的人，哪怕你平时表现很好，改造也很突出，到年终'双评'时，你都没有资格参加改造积极分子的评选了。"老王扫视了大家一眼后，接着又说，"什么叫'双评'？你们可能听不懂。'双评'是监狱每年底对改造人员开展的一次评审和评选活动。评审是指对每个改造人员一年来在认罪服法、遵规守纪、行为养成、三课学习、生产劳动等方面表现好与差的评定；评选是指通过犯人评议员及警官两个层面以无记名投票的形式，评选出省局级和监狱级改造积极分子及记功、表扬等荣誉人员。第四种是严管或关禁闭处理，那是最严重的一种处罚了，但一般的违规违纪都不会被送严管或关禁闭的，只有做出那些非常严重的违规行为，比如打架斗殴、聚众闹事、隐瞒私藏违禁品、自伤自残及拒不参加劳动等，才会被送严管或关禁闭处理。"

"老王，听说监狱里的犯人会打犯人，警察也会打犯人的，有这样的情况吗？"同犯兆祥提问道。

"犯人之间打架是常会发生的事情，警察打犯人基本上不会发生。我已坐过两次牢了，一次也没有看到过。"老王回答。

……

嘎吱！一阵带有节奏感的刹车声，瞬间打断了我对昨夜之事的回忆。老王轻轻地告诉我们："伙计们，黄龙监狱到了。"

二

上午10时许，囚车在江北黄龙监狱门口右侧停下。黄龙监狱的前身是黄平监狱，是市辖的。1995年与龙丰监狱合并后，更名为黄龙监狱，并升级为省管监狱。同时还投资了5000多万元，对狱内东、南、西、北四个关押点的监房及配套的基础设施进行了全面的改造，目前其规模为全省之首，其环境为全省一流。

黄龙监狱也和其他监狱一样，是国家设立的刑罚执行机关。它的主要职责与任务是：以改造人为宗旨，对罪犯执行刑罚、实施惩罚及改造和重塑，达到预防和减少再犯罪的目的。其组织机构设置是：内设机构有处、办、科、队等十几个；外设机构有两个层级，即监区和分监区，俗称大队和中队。

车门打开后，看守所带队民警先下车到监狱有关科室办理手续去了，两名武警继续看押着我们。过了一会儿，看守所带队民警办好手续回来，又示意驾驶员继续前行，大约过了10分钟光景，囚车在一座大院的门口再次停下。民警先下掉了我们的脚镣，然后带我们下车。我们八人个个手里提着一个装满衣物的大行李包，按带队民警的吩咐整整齐齐地排列在大院门口右侧，等待进监。

我借着这短暂的空当，环顾了一下这座高墙大院的外景。只见大门正中上方的横梁上，横立着一块长方形的大匾，匾上横嵌着"江北黄龙监狱东关押点"10个古铜色行草体大字。这个院子从外表看感觉很大，四周围墙高达6米以上，其顶端布满了电网并挂着一圈一圈的不锈钢刺网，挺恐怖吓人的。前门正中的两扇大铁门漆黑而厚，威武且阴森，让人望而生畏、不寒而栗。

等了一会儿，大门徐徐张开，门内走出几名接管我们的监狱警察，把我们带进了黄龙监狱东关押点的院子。

进了院门后，大家均不约而同地扫视着这个神秘的、被外界称为"人间地狱"的院内景色。首先映入我眼帘的是院子中间的大操场，这个操场面积很大，配套设施齐全，中间建有跑道、篮球场、羽毛球场等体育设施。这天碰巧跑道上有一队穿着蓝色白条囚服的犯人正在走着队列，他们时而喊着"一、二、三、四"，时而唱着歌曲，挺热闹的。操场四周铺有绿色草皮，草皮中间种植着一排挺拔不群的银杏树，银杏树间隔处种植着各种小花卉，并开着各色各样的小花朵。操场东、西两面建有一幢幢四层楼房，估计是改造人员学习、生活和住宿的场所；南面是进口大门；北面建有一幢五层小洋房，房顶上横着"黄龙监狱东关押点教学楼"11个隶体古铜色大字。

整个院子呈长方形，左右设施对称，环境整洁优美，跟我们在外面时所想象的"人间地狱"反差很大。当然，这对我们这些新入监的犯人来说，也是一种无言的安慰。

我们跟着监狱警察走了一段路后，便到达了三监区的监区部。狱警把我们带到了二楼大厅，只见大厅里坐着许多新来的犯人，身边都放着一个装满东西的大袋子。他们个个愁眉苦脸、无精打采，等待着做入监前的各项检查，比如安检、体检、心理健康测试、慢性病史调查登记等。

大约过了一小时，我们入监手续办好后，几个新来的警察又把我们带出了监区部，转向三分监区（入监队）。

我们步行了五六分钟后，就到达了三分监区。监区民警把我们带到院内的小操场左侧，叫我们在此等候。

一会儿，两名警察带着几个老犯出来了，其中一个肩上戴着监督员牌子的高个子老犯向我们扬声喊道："新来的犯人到前面排成三队等待检查。"

我们一个个像十分听话的小学生，老老实实、规规矩矩地在他们的指定地点排列，等待检查。

过了十几分钟，轮到检查我的袋子了。那个长相有点凶的老犯对我喊道："快把袋子拉链拉开。"

"是。"我边应答边拉开袋子链条。这个老犯接过袋子翻转一倒，把我袋子里的所有物品全倒在水泥地面上，然后一件一件地检查起来，合规的放在左边，不合规的放在右边。不到五分钟时间，我袋子里的东西已检查完毕，但检查的结果让人惊讶、意外。我带进来的三套内衣、三件羊毛衫、两条羊毛裤、一套棉衣裤、十条内短裤、十条毛巾、二十双袜子、五双布鞋及大量的牙膏、牙刷、香皂等物品，通过他们的检查后，被认定合规的只有两套内衣、两件羊毛衫、一条羊毛裤、两条内短裤、两条毛巾、两双袜子、一支牙膏、一根牙刷及两块香皂。其余的都被认定为违规或违禁品，当场给予没收了。

我见此情景很不理解，就问他们："你们检查时判断是不是违禁品的依据和标准是什么？为什么同一样东西，一半合格一半不合格？有的甚至是三分之一合格，三分之二不合格？我带来的东西十有六七被你们视为违禁品而没收了。我心中不解，甚至很有意见，请你们给我个说法好吗？"

"我们不可能给你什么说法的，数量多了就不行。这里是监狱，不是你的家，不是你想带多少就可以带多少进来的。你要依据、标准是吗？我可以明确告诉你，我们的看法和做法就是分监区的依据和标准。你一个刚进来的新犯，怎么会有这么多话？"那个长相有点凶的老犯向我喝道。

"新犯怎么啦？难道问话的权利都没有吗？你们老犯又有什么了不起的，不是同我们一样都是犯人吗？"我很生气地反问他们。

"你这个人怎么会这么啰唆，你找死啊？"那个比较凶的老犯边说边推了我一把，把我推得后退了几步。

他这一推，把我彻底惹火了，正准备还手推他时，我的右手却被站在旁边的老王拉住了。他轻声对我说："算了吧！我们初来乍到，人生地不熟的，他们是这里的老犯，有根基，我们斗不过他们的。"

经老王这么一劝，觉得他言之有理，我就把已伸出去的手缩了回来，但仍厉声地警告这个推我的老犯："你第一次推我，我让着你；你若再动手，我就要还手了。"

这时，在旁边检查的其他几个老犯也跑过来助阵了。他们有的用手指着我的鼻子骂我，有的说要把我抓去见警官……

我一听他们说要抓我去见警官，心里更火了，就向他们大声喊道："见警官，好呀，我也正想找警官告你们的状呢！我就不相信了，监狱里的警官也会像你们一样不讲道理？走吧，我们一起找警官评理去吧！"

"品书记，怎么会是你呀？"突然，他们中间走出一个戴着监督员牌子的中年老犯对我惊讶地喊道。然后他又转身对那几个老犯说："你们都不要围在这里了，赶快回原处检查去，这里的事情交给我处理吧！"

随着这个戴牌老犯的一声喊叫，操场即刻恢复了平静。戴牌老犯把我带到操场的一个角落后，心平气和地对我说："品书记，你怎么也进到这个地方来了？这里真不是人待的地方啊！品书记，我是洪溪人，名叫林权，我认识你，你认识我吗？"

"不认识。"我摇摇头答道，"你原来在洪溪干什么？什么时候进到这里来的？"

"这个说来话长，一时间也讲不清楚，我晚上向你详细汇报吧！品书记，刚才他们若有做得不妥的地方，由我代他们向你道歉，因为他们都是我手下的人，请你息怒。因上午事情多，比较忙，我们晚上再聊吧！"说罢，他便把我带回原来的地方后，自己便忙碌去了。

老王告诉我，他以前两次进入监队时都没有碰到这种情况。他认为这几个检查人员特别贪心、特别黑，真是棺材里伸手。他们借着检查的机会假公济私，故意扩大违规品、违禁品的范围，把我们这些本来合规的东西当作违规品、违禁品予以充公没收，然后拿去私分了。

当然，除我之外，其他同犯的遭遇也差不多，他们所带进来的物品也都被这几个老犯洗劫得所剩无几了。虽然大家有目共睹，心知肚明，却敢怒不敢言，有苦有怨只能往肚子里咽。

衣物检查完毕后，接下来是检查我们的身体了。老犯叫我们把身上穿的衣、裤、袜、鞋子等一件不剩地脱下来扔在一旁，仅穿着短裤让他们检查。还要我们当着他们的面跳几下，然后又叫我们两手抱头，做三次蹲下、起立的动作，其目的是检查我们身上有无藏着什么东西。

身体检查结束后，接下来是给我们所有带进来的衣裤及发给我们的外套囚服等，统一用黄漆打印上"黄龙监狱"的字样。

检查和打印全面结束时，已到上午11时半了。戴牌高个子老犯叫我们全部新犯排列在小操场北端墙脚边上，等待吃午饭。

只见几个老犯捧着饭盘、扛着菜桶来到操场北端处的玻璃房里，给我们每个人连菜带饭打了一碗盖浇饭。我们进去后就端起饭碗，冒着寒风和飘进来的雪花，艰难地吃起了第一顿牢饭。

到了下午1时左右，小操场里站满了新犯，大约有120多个。既有像我们一样刚入监的，也有前两天已入监的。只见那个戴牌的高个子老犯吹了一声哨子后，便向我们高喊道："请大家注意——请大家注意，抓紧到操场中间集中排队。"随后又来了两名警察和十几个手里拿着小本子的老犯，听老王说他们都是各学习组的小组长，是来领新组员的。

"立正——向前看齐——向前看——稍息。"高个子老犯整理好队伍，就向我们宣布各新犯分组的名单。我认真地听着我们北山来的八名同犯的入组情况，其结果几乎是全被打散了，仅我有幸和同犯兆祥一起分到第三学习组。

据初步了解，第三学习组的组长姓季名节，是江北东州人，年龄在40岁左右。他犯事前是一名初中教师，还兼任校出纳员，因贪污公款被查后才进来的，刑期是四年零十个月。他生性耿直、善良、温和，是三分监区小组长中性格脾气最好的，人家都说能被分到第三学习组的人都是幸运的。

分组结束后，季组长带着我们新组员进入了三组监房。这个监房是坐北朝南的，前面还有阳台，房间呈长方形，两边各有八张单人床，分上下铺排列着。中间放着三张长条桌，估计是供我们学习写字用的。

进房间的第一件事，是组长给我们安排床位，按照惯例，年轻人安排上铺，老年人及患有慢性病的人睡下铺。因我患有高血压，所以季组长给我安排在下铺。兆祥分在我对面的上铺，抬头就能看见。在这样的特殊环境中，有老乡做伴，感觉暖心多了。此外，我也很喜欢"兆祥"这个名字，愿他这个吉利的名字能给我带来好运气。

下午1时半，小组活动正式开始，先是小组长自我介绍。他说："我姓季名节，是江北东州人，我是这个小组的学习组长，大家以后有事就找我。你们初到这里，人生地不熟的，第三学习组就是你们临时的家。希望你们在这个大家庭里，互相尊重、团结友爱、和睦相处，平平安安地度过这一个多月的入监学习教育时间！"季组长扫视了大家一圈后，接着又说道，"下面，我先向大家提三点要求：第一，大家要严格遵守监规纪律和本分监区的有关规定，积极刻苦地参加学习和训练，按时完成本分监区布置安排的各项任务。第二，认真做好内务卫生工作。首先要学会叠被子，因监狱是实行半军事化管理的单位，对叠被子的要求是很高的，每个人每天早上要把被子叠得像军用被一样有棱有角。另外要规范物品摆放，比如衣物、鞋袜、洗漱及卫生用品等，都要做到定置摆放，确保整洁、规范、有序。第三，要遵守作息时间。比如起床、睡觉、洗漱、吃饭、饮水、大小便、理发、剃须及会见等，都要按分监区规定的时间、地点进行。具体内容看贴在监房门口的作息时间表及有关项目、地点的补充说明。"

……

季组长像和尚念经似的向我们讲了将近一小时的时间，使我们听后对入监队里的活动内容、作息时间、有关规定及具体要求等，都有了比较全面的了解和掌握。

季组长讲话结束后，又给我们发了两本小册子，一本是《服刑人员行为规范》，另一本是《红歌及改造歌曲二十首》。他叫我们先看看，熟悉熟悉里面的内容，并强调其中的行为规范38条，大家自学自背，一周后要检查抽查，正宗文盲（以判决书里的学历为准）可以放宽到只背"十不准"。红歌及改造歌曲每人必须会唱10首，可自选，到时分监区会安排专人教唱。

下午5时，小组活动结束。5时40分晚餐开始，地点也在楼下小操场北端玻璃房里，就餐人数120多人，以学习组为单位集中就餐。饭菜也是盖浇饭，其中配有少量的肉和豆制品，味道还算过得去。

晚上7时，小组学习开始，内容是学习《服刑人员行为规范》

38 条，还有报告词、文明用语、应知应会等。

晚上 8 时半，我洗漱结束后，靠在床头休息，兆祥过来坐在我床沿上跟我聊天。他正向我详细地介绍我们北山来的其他同犯的落组情况时，组长突然喊我的名字，说有人找我。我忙扭头一看，原来是中午在小操场中与我接触过的林权。我仔细地打量了他的面相后，觉得他这个人还是不错的，中高个子、四方脸盘、眉清目秀，看起来不像是个没有一点素质之人。他一手提着一箱牛奶，另一手提着个黑色塑料袋子，毕恭毕敬地来到我床前，彬彬有礼地问我道："品书记，你对我真的没有一点印象吗？"

我再次端详着他的面容，感觉似曾相识，但又说不清楚在哪里遇见过。为了避免尴尬，我忙叫他坐下并反问道："你中午说你是洪溪人，那你是洪溪哪个村的？原来是干什么的？"

"我是洪溪江水村的，当年你在我们镇里当书记时我们见过面。因我那时在洪溪工业区的双阳集团当会计，有一次你来我们集团公司检查工作后，在我们公司餐厅就餐，我也曾作陪，我还敬过你两杯酒呢！你记得起来吗？"林权提示道。

"噢，听你这么一说，我有点印象了。"我答后随即反问他说，"那你是什么时候进来的？为什么进来的？"

"我是前年进来的。因我一时糊涂，做股票赔了很多钱，无奈之下挪用了公司 30 多万元公款，被北山法院判了五年零三个月。我现在的职务是分监区的卫生组组长，协助警官管理分监区的生活卫生工作。比如说我们犯人的囚服、被子、床单等的管理和发放，日常的伙食、卫生、内务及领服药的管理和安排等。我所分管的工作比较繁杂、忙碌，但是有点小权力的。"林权抬头看了看我，然后笑着说，"品书记，你刚到这里，可能缺少的东西会很多。你缺什么告诉我，我会尽力帮你解决的。另外，我晚上过来时，还顺便给你带来了一箱牛奶、两盒面包，这是我的一点小心意，请你笑纳。"

"这个不行，我不能随便拿你的东西。我在外面时就听人说，监狱里的食品、物品、生活用品等都是相当匮乏的，尤其是入监队。林权，你的心意我领了，这东西你还是拿回去自己吃吧！"我连忙推辞道。

"品书记，我承认入监队里的食品、物品相当紧缺，但我同你们新来的是有点不一样的。因我既是老犯，物品多少有点囤积；又是骨干犯，有额外来货渠道，所以我个人的储物箱里还是有点东西存放着的。品书记，你我既是老乡，你又曾经是我的领导，请你给我点面子吧！如果你拒收我这东西的话，我会很难堪的。"林权用恳求的口气说道。

我见他说话态度如此诚恳，且句句发自内心，就不好意思再推辞下去了。"好，林权，谢谢你！这次我收下，但下不为例。"说罢，我又转移了话题问他，"林权，我听人家说，入监队是苦干队、磨难队，这种说法正确吗？"

林权愣了一下后说："这话虽然说得有些夸张，有些言过其实，但在入监队的日子确实是不好过的，也是非常苦、累和难熬的，主要原因是生活条件差、学习任务重、训练强度大。所有犯人日后要学会并掌握的东西，都要在这一个月内全部学会，其难度及艰苦程度可想而知。总之，进到这里来是改造的，不可能让你享福，这是基本的常识。"

"如果学不会，不能按时完成学习和训练任务怎么办？"我追问道。

"对于学不好、不能按时完成各项任务的犯人，分监区会对他们进行一定的处理。对于屡教不改、屡学不会的，还要给予批评、训诫、扣分等。"林权环顾了一下监房四周后，接着轻声道，"品书记啊，监狱里的水是很深的，人际关系也是很复杂的。尤其是这里的骨干犯和小组长，个个不是等闲之辈，你千万不要轻易冒犯和得罪他们啊！否则，一旦把他们惹怒了，你就会吃不了兜着走的。监狱同外面的机关单位是截然不同的，因这里不是警官直接管犯人的，他们最多只管到骨干犯及小组长层面，至于下面的犯人，都是由犯人中的骨干犯直接管理的。因他们大多是文化水平低、人品素质差的大老粗，在他们面前是没有道理及公平公正可言的。品书记，你若在这里碰到什么麻烦事，或做错了什么，或无故被人家欺侮时，千万不要自作主张，更不能同他们硬碰硬对着干。你一定要告诉我，因我在这里快两年了，是有一定的关系网和影响力的，我会帮你处理协调好一切的。"

"林权，谢谢你对我的关心和提醒，我会记住你刚才说的这番话的。但我也以曾经是你的老领导的身份，建议你要好好管管手下这帮人，因今天上午他们的做法太不地道了。我们刚进到这里来的新犯，人生地不熟的，多么需要你们老犯的关心和帮助。可你手下的这帮人，不仅不关心帮助新犯，反而刁难甚至欺侮新犯，确实欺人太甚了。我认为，我们现在虽然都成了犯人，但犯人也是人，既然是人，就应该要有做人的原则和底线、品质和良知。切不可错上加错、破罐子破摔、一条道走到黑，最终使自己成为不可救药之人。"我语重心长地对林权道。

"谢谢品书记的提醒和教诲，你刚才所说的这番话，我听后很受启发和教育。你说得一点都没错，我们在这里的这帮老犯，认为自己资格老又有根基，就飘飘然起来。平时所想的和所做的都只为自己，从未考虑过别人，确实太自私了。但请品书记你放心，从今以后，我会遵照你刚才提的要求，不仅要管好自己，而且还要严管手下这帮人，使他们不再胡作非为，不再坑人害人，不再欺压新犯。"林权说了这些话后抬头看了看室外又接着道，"品书记，晚上时间差不多了，我也该回去了，你今天也折腾了一天了，该好好休息了！"

"好的，林权，谢谢你来看我，还给我送礼品及告诉我这一切。"我紧紧地握着林权的双手道。

林权刚去了一会儿工夫，监房里的大灯果然关了，只剩下房顶两端的两盏长明灯，仍有气无力地散发出那微弱而昏暗的光芒。监房、走廊及大厅即刻变得一片静寂，我也上床躺下了。

这一夜，我想了很多，既回顾了过去，又思考了未来，根本没睡好。直至天快亮时，才眯了一下眼，却又被一阵震耳欲聋的起床铃惊醒了。

早上洗漱回来后，我把兆祥叫到我床前，并对他说："昨晚林权送给我的一箱牛奶和两盒面包，麻烦你帮我分给我们北山来的同犯，每人三盒牛奶、两个面包，让他们打打牙祭吧！"

兆祥愣了一下后说："品书记，一箱牛奶只有24盒，如果每人分三盒的话，你自己也只剩下三盒了，要么每人分两盒吧！"

"没关系，我不是也有三盒嘛，我们同甘共苦，这不是很公平合理吗？"我开着玩笑道。

"那好，这事就交给我落实吧。"兆祥爽快地答道。

根据分监区的安排，这天上午9时整，分监区将在二楼大厅举行开学典礼。

8时40分左右，各学习小组的组长带着本组的组员陆续进入了大厅。我进了大厅后，环顾了一下大厅的四周，感觉这个大厅能容纳200人左右。大厅里没有摆放凳子，是犯人们自带小塑料凳子进大厅的。大厅前方设有主席台，主席台后壁横梁下面挂着一条红色横幅，上面写着"三监区三分监区2012年度第一期新收罪犯入监教育开学典礼"一行黄色大字。

主席台上放着两张长条桌，桌子上放着五块名字牌，分别写着就座领导的名字。

9时许，出席开学典礼的领导相继上台入座，主持人分监区长杨林宣布开学典礼开始，并分别介绍了台上领导的身份。他们是三监区副监区长李玉铜、分监区指导员方史新、副分监区长胡江河、管教李林少，但他没有向大家介绍自己。

开学典礼的第一项议程是本分监区指导员方史新讲话，他讲了三个方面的内容。一是入监教育的基本内容。他提出了四个教育：1.监狱知识教育；2.认罪服法教育；3.行为养成教育；4.改造前景教育。二是入监教育的目的和意义。他强调了两点：1.通过入监教育，使监管者能够详细、全面地了解与掌握新收罪犯的基本情况、认罪态度和思想动态；2.通过入监教育，使新收罪犯能够快速地了解与掌握改造的程序、内容、目标和要求，为日后进入常规改造打好坚实基础。三是对新犯提要求和希望。他要求本期的所有新犯，要以入监教育为契机和起点，把刑期当学期，认清形势、转换角色、积极改造、重塑灵魂，努力把自己改造成遵纪守法的公民。

开学典礼的第二项议程是三监区副监区长李玉铜讲话，他说："今天上午，三分监区在这里举行本年度第一期新收罪犯入监教育开学典礼，下面我借此机会向大家提两点要求：一是要求大家尽快转换身份和角色，知道自己到这里来的目的是什么。只有认清弄懂自己的身份是服刑罪犯，到这里来的目的是接受改造、赎罪和重塑自我的，才能快速地调整好自己的心态，牢固地树立起角色意识，才能使自己完成从一个普通社会人的身份到服刑罪犯身份的快速转换。二是要求大家积极参加学习和训练。监狱是服刑罪犯的改造场所，而入监队又是服刑人员改造的第一站，也是大家进入常规改造的学前班。凡今后在常规改造场所要掌握及用到的所有内容，如行为规范、改造歌曲的背唱，报告词、文明用语的运用，还有队列体操、内务卫生等方面的规范和达标等，都要求大家在这一个月内全部学会和掌握，其难度是相当大的。所以大家在这一个月时间里，务必集中精力、下苦功夫、全神贯注、认真刻苦地学习和训练，才能全面掌握上述学习内容，按时完成分监区布置的各项学习和训练任务。"

开学典礼的第三项议程是新学员代表表决心。

开学典礼的第四项议程是分监区管教兼本学期班主任李林少，布置本学期入监教育的学习任务和具体内容。

上午11时许，开学典礼的各项议程全面完成，主席台上的领导相继离席。主持人杨林要求各小组在下午活动时，要对今天上午有关领导在开学典礼上的讲话内容展开讨论，下午4时半，分监区李管教要听取各组长汇报，最后他要求各小组长有序带本组组员回监房。

下午1时半，季组长组织全体组员开展学习和讨论，并要求大家畅所欲言、各抒己见。大家谈思想、谈问题、谈观点，讨论比较热烈。

3时左右，季组长宣布讨论结束，接下来是他强调小组学习教育活动的具体要求和注意事项。他说："从明天开始，入监教育将走入正轨，根据常规安排，原则上每天上午到大操场训练体操和队列，当然，下雨天除外。每天下午在监房里学、背、唱行为规范和改造歌曲，以及练叠被子。本周以学、背、唱为主，给大家一周时间学习和练习，下周一开始，要检查每个人的行为规范和改造歌曲的背唱情况。但我要再次强调的是：行为规范38条，除文盲可背'十不准'外，其他人员必须全部会背，改造歌曲要求每人必须会唱10首。叠被子必须人人过关。对初检不合格的，允许隔日再检一次，对二次检查不合格的，除叠被子外，一律上报到分监区处罚。"

"季组长，如果练到一个月期满时，还不能过关怎么办？"组员小陆插话道。

"刚才这位同犯，提问题是好事，但要注意方式方法，以后上课时要提问发言的话，请先举手经允许后再发言。大家也一样，这是规矩，不能乱套。"季组长提示后接着解释道，"对于到期末考核验收时还不合格、不过关的人，有可能本期学习教育不能结业。这就像我们在校读书一样，期末考试不及格的将会被留级，你也可能会被并入下一期，再重新学习一个月的时间。这不仅丢了你的面子，还会对你今后的改造造成一定的影响。因在入监队改造期间，是没有考核分的，你若在这里多待了一个月，就等于多牺牲了一个月的考核分，那你以后上报减刑或假释的时间，就有可能被推迟一个月。讲得直白一点，就等于你要多坐一个月的牢。"

大家听后无语。

三

第二天开始，入监教育进入正轨。新入监的学员像新进学校的新生一样，每天按分监区安排的课程在紧张、有序地学习和训练。

时间已过了一周，分监区召开点评会，指导员主持并讲话。他讲了一些原则性的问题后，还向大家提了几点要求和希望。

接着是管教兼班主任李林少布置具体工作。他说："本期学习教育已过去一周了，从总体上看，大家的学习与训练都是比较认真和刻苦的，进步也是明显的。尤其是野外训练，大家都是非常苦、非常累的。但这是不可避免的，也是每个人都要面对的，下阶段可能会更艰苦，大家都要有足够的心理准备。本周的学习教育，重点要抓好两个方面：一是对每个学员的行为规范和改造歌曲的背唱情况要检查抽查，先以小组为单位全面检查一遍，再由分监区组织人员到各组去抽查。对于检查、抽查中发现比较优秀的学员，分监区给予表扬和奖励；反之，分监区将视情况给予批评和处罚。二是进一步强化体操及队列的训练。通过一周训练的情况来看，体操方面进步明显，但队列方面明显滞后。比如在练停止间转法时，有些人方向感极差，向左向右都搞不清楚，像瞎子转方向一样——瞎转。再比如有些服刑人员，抬腿摆臂不规范，还经常交头接耳、东张西望，注意力极不集中。希望本周训练时，要发扬优点、改正缺点、加倍努力、迎头赶上。"

最后，李管教还就行为养成、礼节礼貌、内务卫生、伙食茶水等方面做了强调，提出了要求。

上午 10 时许，点评会结束。根据李管教的安排，大家集中于大厅学唱红歌及改造歌曲。由分监区征文组长领唱《没有共产党就没有新中国》《感恩的心》《向往阳光》《新生之歌》《从头再来》等歌曲。

顿时，整个分监区监房上下乐声悠扬，歌声嘹亮。大家先跟着唱，后连着唱，越唱越起劲，越唱越伤感，个个唱得心潮起伏，泪眼汪汪，一直唱到上午 11 时 30 分，李管教宣布下课后才停止。

根据李管教在点评会上的要求，下午小组学习的重点是检查各组员背诵《服刑人员行为规范》。因组长一个人忙不过来，他叫我做他的助手，协助他一起检查。我当时听后愣了一下，不明白他为什么这么信任我，后仔细一想，估计是林权跟他打过招呼，我就爽快地答应了。他把全组 16 名组员分成两个组，每组 8 人，我们各人负责一组检查。

我在检查本组组员背诵行为规范时，总体感觉还是可以的，当天下午就有半数过关。但也有几个不熟练，甚至根本不会背，我鼓励他们下苦功夫，加倍努力，争取明天下午复查时顺利通过。

第二天下午小组学习时，继续检查行为规范背诵情况。当我检查到本组最后一个组员右狼仔时，他横眉怒目地走到我跟前，两眼紧紧地盯着我，凶光毕露、一言不发地站着。我笑着对他说："右狼仔，开始吧。"

"第一条，拥护宪法，遵守法律法规和监规纪律。第三十八条，与来宾警官相遇，文明礼让。"他背了两条后就转身离开。

"右狼仔，快回来。"我忙叫道，"你只背了两条，还有 36 条没背呢！"

"你这个狗腿子、马屁精，我已经从头背到最后一条了，还要我背什么？背你个头呀！"右狼仔恶狠狠地骂道。

我见他蛮不讲理，平白无故骂人，还骂得这么难听，火气也上来了。我一下子上前拦住他，并用手指着他的鼻子发怒道："右狼仔，你这个人怎么没有一点素质和教养，随便开口骂人，你必须向我赔礼道歉。"

"你叫我向你道歉，做梦吧，除非太阳打西边上山。你再啰唆，小心我给你一拳头！"右狼仔威胁我道。

"你敢——"季组长边吼边跑过来指着右狼仔道，"你若再无理取闹，我马上报告管教，叫他把你处理掉。"

"管教，管教，管教是你爹啊？我右狼仔又不是吓大的。你如果再在我面前指手画脚的话，当心我把你的手给废了。"右狼仔凶光毕露地盯着季节道。

这时的季节，再也无法控制自己的情绪了。他可能觉得若不再好好地教训教训这个目空一切、不知天高地厚的钉子户，不仅自己场面上过不去，丢了脸面，而且日后其他人都效仿他，自己还怎么管理这个小组呢？于是他毫不犹豫地上前一把抓住右狼仔的前襟，用力往后一推，并向他怒吼道："你若再惹是生非，我报告分监区领导给你扣分处理。"

毫无提防的右狼仔，突然被季节用力一推后，身子倒退了几步，后脑勺正好撞在床角的铁架上。他顿感头皮有些疼痛，用手一摸，发现竟然撞出了个包来，还流出了鲜血。他顿时怒火中烧，用手指着季节大骂道："你这个王八蛋，吃了豹子胆了，竟敢对我动手，看我怎么教训你。"说时迟，那时快，他即刻冲向季节，毫不留情地举起拳头，向他的脸部猛击了一拳，打得季节当场流出鼻血来。我见此情景，忙用身子朝着右狼仔的侧背用力向前撞去，一下子将他撞倒在墙角上。这时，监房里已乱作一团，我和兆祥及另几个胆子大一些的同犯，用力把右狼仔的两只胳膊往后背着，将其身子固定在墙角上等待警官来处理。过了一会儿，组长把指导员和管教都带到现场了，他们平息了事态后，把右狼仔、组长和我都带到警官办公室做笔录。

大约过了半小时光景，我做完笔录回监房时，看到右狼仔已被警官用手铐铐在大厅前窗的铁窗棂上，还有一名警官和两名骨干犯看管着。

组长回小组安抚了大家一番，又重新恢复检查背诵行为规范了。

晚饭前，林权突然来三组找我，并告诉我："晚上分监区要召开警官会议，商量处理下午打人之事，我打听到一个对你不利的消息，说分监区在处理右狼仔的同时，还要对你及季组长做出处理。理由是你们俩在处理下午事件时有不妥行为，导致事态的进一步升级。你吃过晚饭后速去找指导员说理，陈述你们俩无过错的理由，要求他们不要处理你们。等你向他反映后，我再去找他帮你们说说话，因我同指导员的关系是可以的，请他尽量不要处理你们。"

"谢谢你！林权，我饭后马上去找他。"我回答林权道。

晚饭一结束，我就去警官办公室找指导员，并向他报告道："报告指导员，听说晚上分监区要召开警官会议，商讨处理今天下午学习三组打架之事。下午我在做笔录时，听胡副的话音说我和季组长也有过错，也要受到相应的处理。我现在特地赶在会议召开前过来，向你汇报解释有关情况。我认为下午我和季组长都没有什么过错，要对我们俩做出处理不应该。"

"你说你们俩下午做得都是对的，没有一点过错？"指导员反问道，"我却不这么认为。比如季节在看到你和右狼仔发生争执后，他作为组长，应该去做右狼仔的思想工作，要动之以情、晓之以理，不应该以武压人，一推了之。他的做法不仅于事无补，反而使矛盾升级。你也一样，当你看到右狼仔打了季节一拳后，就应该快速去拉架，尽快把他们俩隔离开。可你没有这样做，你不仅不去拉架，反而猛冲上去，用力将右狼仔撞倒在墙角上。你的做法不仅不能使事态降温熄火，反而火上浇油加剧事态向更糟糕、更严重的方向发展。所以说你们的做法都有过错，都应该受到相应的处理，你们要有所思想准备。"

听了指导员的这番话，我随即有点不服气地反问指导员："报告指导员，我觉得我和季节组长下午的做法没有过错，因右狼仔违规背诵行为规范，无故开口骂我、威胁我。组长听到后过来推他一把，是对他做出提醒、警告的意思，其目的是让他立即停止无理取闹、无故骂人，这有什么过错呢？我用力撞他是因为看到他打了组长一拳后，怕他第二次拳击组长，所以猛然将他撞倒在地。这完全属于见义勇为、正当防卫范畴。我认为激浊扬清、疾恶好善乃是人之本性。对于右狼仔这种一没教养、二没素质的邪恶之人及所干的邪恶之事，无论是组长还是我，都应该挺身而出、坚决果断地予以反击与惩治，绝不能有丝毫容忍。俗话说，对恶人的容忍就是对好人的残忍，与恶毒之人讲道理，犹如向狼说教、对牛弹琴，浪费时间，白费口舌。因他们的恶毒与凶残似禽兽一样与生俱来，是刻录到骨子里去了的，是绝对不可能因外界而逆转和改变的。我觉得以武制武、以暴制暴在特定环境下是惩治恶人的最快、最直接、最有效的方法之一。如果在该出手时不出手，这就是对恶人的纵容，无意中助长了他们的嚣张气焰，使他们错误地认为大家都惧怕他，老子天下第一，就会更加肆无忌惮、为所欲为，这样无疑会导致事态的失控及对对方造成的伤害更严重。我认为在此次事件中，我和季组长所做的一切都是正确的，根本没有什么不妥和过错。要对我们俩做出处理不应该，请指导员考虑我刚才所说的事实和理由。"

晚上7时许，警官办公室灯火通明，分监区临时决定在这里召开警官会议，分监区领导及警官全部到会，本来在家休息的分监区长也专程赶了过来。会议的议题有两项，一是听取分监区管教李林少对下午右狼仔打人事件的起因、过程及结果的介绍，二是讨论研究对右狼仔做出相应处理。

通过与会人员的分析和辩论，最后会议决定，对右狼仔送三级严管处理，时间一个月。待报经上级批准后，由管教负责将其送往严管队严管；同时，还对三组组长季节及组员品杰均做出训诫一次处理。

会议结束后，右狼仔戴着手铐脚镣，由分监区管教及另一名警官，将其送到严管队去了。这起由检查背诵行为规范所引发的打人风波也就暂时平息下来了。

四

周五下午，刚被分监区送严管的右狼仔，又突然被李管教带回分监区。这种反常情况的出现，使刚平息下来的分监区又突然热闹起来了。大家对右狼仔的回来无不感到疑惑和惊讶，明明是送严管一个月的，怎么只严管了三天就回来了？同犯们对此议论不断、众说纷纭，有的说右狼仔神通广大，上头有人帮他说话，才提前把他放回来了；也有的说，右狼仔同中队里某个领导是亲戚，是某领导在暗中帮他，才提前把他放回来的……

为了稳定人心，消除犯人们对此事的猜测和疑虑，李管教根据指导员的意见，专门召开了骨干犯及各小组长会议，并向他们说明右狼仔被提前放回来的原因。他说："目前，分监区上下都在议论右狼仔被提前放回来的原因。其实他被提前放回来，不是因为关系，而是身体。他被关了三天后，突然发病晕倒，经监狱医院医生检查后，诊断为心律不齐，并伴有房颤症状，不适宜严管，所以将他提前放回。你们回去后，尤其是各小组长，一定要向组员说明此情况，叫他们不要再猜测议论此事了，要专心致志地学习和训练。"

为了避免右狼仔再次与三组组长及相关人员发生矛盾和冲突，分监区决定把右狼仔调到七组去，再回调一名七组组员到三组。因三组与七组是不同楼层的，这样可以减少他们接触碰面的机会，以防止或避免他们再次发生冲突或打架。

右狼仔调到七组后，不仅不痛改前非，反而变本加厉，根本不把组员甚至组长放在眼里。当然，出现这种现状和后果是必然的，因为坏人就是坏人，不可能因环境的改变而改变。他们不仅外表败坏，头脑、心灵也都彻底地败坏了，要想他们由坏变好是绝对不可能的。

七组的组员也因右狼仔的到来而人心涣散、两极分化。有些组员认为，右狼仔这个人生性凶恶，千万不可惹他，还是对他敬而远之为好。也有些组员认为右狼仔好像靠山硬，跟着他不吃亏，就故意接近他、巴结他，想依靠他来保护自己，让自己在里面不被人欺侮……

小组长横冲更是有苦难言，分监区领导突然调了个人渣到他组，真是一粒老鼠屎坏了一锅粥，把本来一个好端端的组，搞得乱糟糟的。但横冲也不想得罪右狼仔，只是一味违心地让着他、哄着他，生怕他在小组里惹是生非，又弄出点什么幺蛾子来，使自己难以收场。对于他背行为规范、唱改造歌曲及叠被子等检查，也只好睁只眼闭只眼，样样放他过关罢了。

根据李管教的安排，本周上半周各组的重点仍是检查背诵行为规范和改造歌曲，并明确下半周分监区要到各组检查抽查。根据各组上报汇总情况看，全分监区约有70%的服刑人员，是能熟练掌握的；约有25%的服刑人员，是勉强会，但不熟练的；约有5%的服刑人员，是基本不会或绝对不会的。

分监区对于各小组两次检查不过关或分监区抽查不合格的服刑人员，都做出了严厉的处罚。如取消他们平时的休息、家属会见、拨打亲情电话的资格等。除此之外，小组长及联系小组的警官还经常给予批评、训骂，搞得他们整天唉声叹气、寝食难安，有的甚至偷偷地躲在角落里伤心落泪。

人心都是肉长的，我看到我们组里几个没文化、头脑笨的同犯，因背唱过不了关，对他们的同情怜悯之情油然而生。除了主动帮他们、教他们背唱技巧外，还暗示他们到我这里来补背、补唱。我对他们适当降低些标准，放宽些要求，尽量让他们过关，使他们少受些折磨和痛苦。

本周各小组的活动内容是检查叠被子，可叠被子这一关是硬活，要叠标准其难度相当大。只有当过兵的人或以前进过这里的人才没有难度。尤其是那些年纪比较大或手脚笨拙的人更难达标，他们叠来叠去就是叠不好，检查两次、三次都不能过关，我也属于这类人。因我没有当过兵，平时在家里也从来没有做过家务事，一下子要把被子叠得像方糕块一样有棱有角的实属不易。但兆祥就是不一样，他当过兵不学就会，一蹴而就。他看我进步不快，就手把手地教我叠，使我逐渐掌握了叠被子的要领和技巧，在第三次检查时总算过关，但也不排除组长对我降低了标准，送了人情后才勉强通过的。

根据分监区规定，小组检查组员叠被子，每人允许叠三次。若第三次还不过关的，就要上报到分监区处罚。对于被上报到分监区接受处罚的人，那就倒大霉了。一是休息没有了，人家按规定享受休息时，你却要在大厅或走廊里练叠被子；二是活动不方便了，无论早上刷牙、洗脸、大小便及一日三次就餐时，你都会被不离身，要么背在肩上，要么裹在身上，要么抱在怀里，使你非常不便和难堪。再加上小组长要批评你，同犯们要嘲笑你，开点评会时你还要背着或裹着被子，站在大厅两侧听报告，真是脸面丢尽，无地自容。

周五下午3时许，小组里正在检查叠被子，突然分监区指导员及管教来到我们三组抽查。指导员向组长要了本组叠被子合格过关人员的名单，他要从中抽查两名。大家都不约而同地把目光投向了指导员，在心中默默地祈祷着："老天爷保佑，千万不要抽中我。"

"品杰、方森。"指导员大声地喊道。

"到。"我们俩异口同声地应道。

"下午三组就抽你们两人，快把被子打开，按规定时间演示一下。"指导员道。

"是。"我们俩边应答边慌忙行动起来。

我叠被子本来就叠得不是很好，检查时也是组长放我过关的。今天可要当着指导员、管教的面叠被子，还有这么多同犯的目光紧盯着我，我心里异常紧张和恐惧，结果叠出来的被子比平时还要差，形状不端正，棱角不分明，不符合标准和要求。指导员当场批评了我一顿，并对我做出了按分监区的有关规定予以处罚。可方森叠得还可以，被认定为合格过关。

吃晚饭时，我也加入分监区叠被子未过关人员的队伍之中，也裹着被子吃饭。

吃过晚饭后，人家都在休息，我却在走廊里练叠被子，兆祥又过来当教练。学习结束后，人家都可以洗澡，可我又要到走廊里练叠被子，直到第二天下午小组活动时，经管教亲自检验合格后才解除了惩罚。

由于叠被子要求严、难度大，过不了关的人也很多，以至于被不离身的人比比皆是。尤其是早上刷牙、洗脸、大小便及一日三餐就餐时，被子附身的人随处可见，他们像一群做被子广告的男模，在分监区内形成了一道"特别的风景线"。

五

入监教育已过去了两周，学、背、唱及叠被子等项目检查抽查工作已基本完成，接下来的重点是体操、队列的强化训练和检查抽查工作。因体操只有健身操、眼保健操、八段锦等三个项目，其难度不大，大多数人都容易过关。但队列的难度就大了，它可算得上是一项最苦、最累、难度最大的运动项目。它所涉及的内容有整装与报数、立正与稍息、停止与间转、下蹲与起立、行进与挺直、喊号与唱歌等。要想在一个月内全面学会，并且能精准、熟练地掌握，其难度可想而知。

自入监之日起，除开头几天下雨雪外，基本上每天都要到大操场训练一个上午或下午，有时还全天候训练，练得大家迈不动腿、伸不直腰、摆不动臂、喊不响号，个个精疲力竭、叫苦不迭。

入监教育第三周的周四中午，大家都像往常一样，以小组为单位集中在小操场边上玻璃房中吃午饭。这餐饭的下饭菜有点好，是人均红烧肉一块，还蛮大的，味道也挺不错。正当大家吃得津津有味时，突然对面第七组传出了吵闹声。大家不约而同地把目光投向了第七组，只见组员右狼仔在指手画脚地跟卫生组组长林权大吵大闹，甚至还动起手来。

我们几个人想过去看个究竟，却被小组长及刚过来的一个警官拦住，并叫我们待在原地，不得随意走动及围观。

过了一会儿，分监区长及管教也过来了，他们平息了现场后，分别把右狼仔和林权带到警官办公室做笔录去了。

吃好午饭回到监房后，我从组长口中得知，这起吵架甚至发展到动手打人事件的起因，仅是为了一块红烧肉。因中午的下饭菜是红烧肉，每人的饭碗中都放着一大块肉，是林权等卫生组人员分放的。可右狼仔运气不好，他碗里放的不是一块肉，而是一块仅有一点薄肉的硬骨头，于是他心里很不爽。这时正好卫生组组长林权还在他边上忙碌着，他就把林权叫过来问话，说他们分菜不公，把没有肉的骨头分给他，并要求他马上给自己换一块有肉的。

林权略表歉意地对他说："右狼仔，对不起，今天中午伙房那边拿过来的红烧肉数量不足，我们卫生组成员大多没分到，包括我自己。中午无法补给你了，只能等到下周吃红烧肉时再补你一块，请你理解一下好吧？"

右狼仔看到人家吃肉吃得很香，他的嘴也馋得很，一听到林权说中午无法补了，要等到下周吃肉时再补，他就立马暴躁起来，并破口辱骂林权等是尖嘴狗，说伙房里拿来的好肉都被他们这班人吃光了，剩下的骨头分给他，还威胁林权道："今天中午的红烧肉必须当餐补，否则跟你们没完。"说罢又用手指着林权的鼻梁辱骂起来。

右狼仔的无理取闹、无休止的纠缠和谩骂，令年轻气盛、性格刚强、平时又看不惯右狼仔的林权实在是忍无可忍。他顿时气从肺出、怒从心生，跨步上前一把抓住右狼仔的前襟，狠狠地说："走，到管教那里评理去。"然后就连拖带拉地拽着他走。

可右狼仔也非等闲之辈，他哪里经受得了林权在大庭广众之下拽他、拖他，也顿时火冒三丈，竟情不自禁地举起拳头，对准林权的脸部猛击一拳，打得林权鼻青脸肿，鼻梁骨明显下陷。边上的同犯见状，慌忙将他们拉开，组长横冲速去报告了警官。等警官到现场后才平息了事态，然后把他们俩带到警官办公室做笔录了。

听到这个消息后，我连忙和兆祥一起去一组找林权，结果他不在组里。一组组长告诉我们，林权做完笔录后被警官送医院检查去了。

当天下午，根据监区领导的意见，李管教又把右狼仔送到监狱医院再次进行体检，并由主任医师兼副院长亲自检查。检查的结论是与上次大相径庭，右狼仔没有什么严重疾病，可以送严管。李管教等拿着医院的证明，再次把右狼仔送到严管队严管去了。

第二天，林权知道我昨天找过他，便来到三组告诉我道："我的伤残情况经拍片后初步诊断为鼻梁骨折致轻度下陷，够得上轻伤二级。我已通过有关渠道，向监区及监狱有关部门领导反映过了，强烈要求他们严查此事，依法依规对右狼仔及其为他出假证明的医生做出严肃处理。"

"林权，你说得没错，对于右狼仔，我们就应该零容忍，要千方百计收集好有力证据，举报、揭露他们，使他们为自己的错误行为付出代价、承担后果。"我回答林权道。

月底快到了，为了迎接监狱里对本期入监教育的考核验收，分监区领导高度重视迎检工作，并对所有的应检项目进行了一次全面的自查自纠。对比较好的方面，进一步巩固提高；对欠缺和薄弱环节方面，找出根源，落实整改措施，逐步完善提高。尤其是队列方面，一边抓个体检查抽查，确保人人过关；一边抓全员强训苦练，提高整体水平。由于时间紧、任务重、要求高、难度大，分监区只好在训练时间和强度上一再加码，尤其在临近月满时，几乎每天都是全天候搞训练。腿走软了，臂摆酸了，喉喊哑了，汗满额了，仍然照练不误，练得大家身心疲惫，苦不堪言。再加上近段时间都是大晴天，日日晴空万里，艳阳高照，个个受训人员被阳光晒得像黑人似的。

周五下午，由于处于北方强冷空气来临前夕，天气变得异常闷热，犯人们照常在操场上训练着队列和步伐，个个闷得喘不过气来。

下午4时许，处于队列中间的一行六人中，有个叫老贼头的犯人突然热得晕了过去，幸好有两边的同犯扶着他才没有跌倒在地。

我见此情景立即向警官报告后，又连忙带着他们这一排的其他几名同犯，抬着老贼头的身子退出队列，还将他平放在操场的水泥地面上，并对其实施抓痧、扇风及喂水等简易救治。

带队的林副分监区长闻讯后，立马把行进中的队列交由另外两个警官继续领队前行，他自己随即向出事地点赶了过来。他看到躺在地面上的老贼头脸色苍白、瞳孔异常、呼吸微弱，知道病情很严重。他慌忙边给监狱医院打去电话，要求他们速派救护车来现场急救，边向其他五名犯人发问道："你们这几人中有无懂医学急救知识的人？"

"小张可能会，因他家里是开诊所的。"犯人小罗插话道。

"谁是小张？会做心肺复苏手术吗？"林副问道。

"报告林副，我是小张，让我仔细看看病情后再说吧！"小张边回答边俯下身子仔细地观察了老贼头的头面部，当他看到老贼头的嘴尖处长了一颗疮，疮尖处还包裹着一颗黄色脓包时，恶心得快要吐了。于是他慌忙向林副说道："报告林副，这个人脸色苍白如纸，基本失去知觉，病情相当严重。而我在家时，主要任务是配合父亲配配药、挂挂吊瓶等，对于急救病人之事都是我老爸干的。他病情这么严重，我不敢为他乱做心肺复苏手术，否则出了后果我可担当不起，你还是找其他人吧！"

"你们几个人中还有会做的吗？"林副又忙问大家道。

"让我试试吧！"我边回答林副边立马趴下身子为老贼头做起心肺复苏术来。我将一只手的掌根放在老贼头的胸骨中央，另一只手交叉重叠在第一只手上，并借助身体的重量使劲地向下按压起来。我按压了一阵子后，又咬咬牙对着老贼头长了颗脓包的脏嘴巴，口对口地为他做起了人工呼吸来。经过反复轮回做了十几分钟后，老贼头的脸色及嘴唇渐渐地红润起来了，脉搏和呼吸也基本恢复了，同时口中还时不时地发出呻吟声。

"老贼头醒过来了！老贼头醒过来了！"其他几个同犯异口同声地喊叫起来。

林副看到老贼头的病情明显好转后，这才稍有些放心。

过了一会儿，监狱医院里的救护车到了，车上下来的医护人员和林副等连忙用担架把老贼头抬上救护车，林副还叫我陪他一起去医院。

在去医院的路上，林副问我道："品杰，你在外面时是否学过急救方面的知识？看你的动作挺懂行熟练的。这次幸好有你先行急救，使老贼头苏醒了过来。"

"没有专业培训过，只是在预备役训练时简单地学习过，如何急救的理论基本上懂，但实际操作的方式方法是不规范的。"我回答林副后又转而对林副道，"报告林副，我想就入监队室外训练之事，向你提几点建议可以吗？"

"当然可以，你说吧！"林副爽快地回答道。

"好的，我想提三点建议：第一，犯人的队列步伐训练应该适度。尤其在训练的时间和强度安排上要科学、合理，不能超出常人所承受的极限。同时对那些老弱病残的犯人，更要因人而异，适当降低训练的标准和强度，切不可老青不分、一概而论。第二，犯人的基本生存权利应该予以保障。犯人们虽然犯了法而失去了自由和尊严，但他们的生命权和健康权仍然是受法律保护的，任何个人与单位都没有资格和权力剥夺他们这些最基本的生存权利。第三，入监队应该要建立一支应急救护队伍。因入监队是一个常设机构，每期的犯人都少不了要参加高强度的队列步伐训练。虽然入监队是个学前班，每批次的犯人在这里学习训练的时间只有一个月左右，但大部分的骨干犯、小组长在这里的改造基本上是长期和稳定的，而且人数也不少。我建议在他们这批人中选拔一些年纪轻、有文化、刑期长的犯人，送到监狱各级医疗机构去学习、培训应急救护方面的知识和常识，以避免日后类似今天下午的情况发生时再次出现无急救人员可找的被动局面。"我认真地向林副建议道。

"品杰，你这三个建议提得很好，我明天就同指导员和分监区长商量一下，抓紧时间把你刚才提的这三个建议付诸实施。"林副也认真地回答道。

根据监区通知，本分监区的新犯入监教育考核验收时间是 3 月 18 日上午。考核验收组成员由监狱党委委员兼副政委杨晓波任组长，监狱教育改造科科长、狱政支队支队长及三监区的副监区长任副组长，相关科室及三监区的相关人员为成员，总人数为 11 人。

根据考核验收组的安排，本次考核验收分内场地生活区和外场地训练区两个现场，考核时间为一个上午，并明确先考验生活区，后考验训练区。

为了应对本次监狱考核验收组的考核验收工作，分监区领导高度重视，并把它作为当前头等大事列入重要议事日程，以确保本次考核验收成绩优良、圆满成功。

3 月 18 日上午 9 时许，晴空万里，阳光灿烂。监狱考核验收组组长带领着三名副组长及七名组员进入三监区三分监区的考核现场。

他们先进入内场地生活区，抽背行为规范 38 条和抽唱改造歌曲 10 首，以及抽答报告词及应知应会知识等。由于分监区平时学习教育工作抓得紧，再加上本次迎检工作做得扎实到位，检查结果是个个对答如流，项项合格过关。

抽背、唱、答项目完成后，考核组人员又考核检查室内外的环境卫生及犯人的内务整理情况，包括大厅、走廊及监房内的清洁卫生，犯人床上的被子，以及日常生活用品的摆放等。同时还抽查了三名犯人现场叠被子，结果又是项项过关，全面合格。

内场地生活区考验项目完成后，考核组人员随即进入外场地训练区，考核体操和队列。考核组依据考核目录，分别对犯人的整体和个体的所有应检验项目，全面逐项地进行考验。如体操检验项目有健身操、眼保健操及八段锦等；队列检验项目有立正稍息、整装报数、抬腿摆臂、停止间转，以及三大步伐和步伐变换等。由于分监区平时训练抓得紧，又加上本次迎检工作做得到位，检查考验结果又是成绩优良，项项达标。

上午11时左右，内外场地的所有应考核项目全部考验完毕。11时10分，全分监区的全部参检人员，集中列队于大操场正中临时搭建的主席台前，参加考核组召开的考验情况通报会。

这个主席台是在昨天上午搭建起来的，主席台正中靠前处放着一长排桌子，桌子上竖立着全体考核组成员的名字牌。

11时20分整，考核验收通报会开始，会议由考核验收组副组长吴中主持。

通报会的第一项议程，是由考核验收组副组长王志友向大家宣布本次考核验收结果，他说："今天上午，我们考核验收小组对三监区三分监区的今年第一期入监教育应检应验项目，进行了全面系统的检查和验收，其检查结果总体良好，累计得分为98.2分，其成绩可喜可贺。我代表本次监狱考核验收小组向大家隆重宣布：三监区三分监区2012年度第一期入监教育考核验收成绩优良，一次性通过。"

王组长话音刚落，台下顿时响起掌声，经久不息。

通报会的第二项议程，是由监狱党委委员、副政委兼本次考核验收组组长杨晓波做重要讲话。他说："首先，我代表监狱及考核验收组全体成员，对三监区三分监区在本次考核验收中所取得的优良成绩表示祝贺。其次，我想借此机会，向大家提三点要求和希望：一是希望你们要继续重视学习。监狱既是国家的刑罚执行机关，又是一所改人塑人的学校。希望本期三分监区的全体学员，善于把刑期当学期，以入监教育为起点，在这所特殊的学校里，要开展全方位一体化的学习，如学政治、学法律、学文化、学技术、学做人、学做事等。只有通过这一系列的学习，才能提高自身的综合素质和处事谋生能力，才能使自己回归后成为社会有用之人。二是希望你们要积极参加劳动。因入监队是不用参加劳动的，它只是你们改造生涯的前戏和序曲，而你们大量的改造时间和任务还在后头。你们这里的学习教育一结束，就要按程序进入常规改造场所去了。常规改造场所除了必要的学习和训练外，主要的任务是进车间生产劳动。那里有个改造模式叫5+1+1模式，其中的5就是要求大家每周5天时间参加劳动。同时每人每天不仅有劳动任务分配，而且还要求大家务必按时完成。当然，这个任务不是盲目分配的，而是根据每个人的年龄、身体状况及劳动能力而科学合理地分配给大家的。只要大家用心去做，不偷懒和出意外，每天都能按时完成任务。三是希望你们要树立改造信心。你们虽然在外面时没有管好自己，而是放任自己犯了罪后才进了监狱，但你们也不要太过悲观和失望。我认为犯错不可怕，而可怕的是知错不改。俗话说得好：'浪子回头金不换，洗心革面从头来。'只要你们能认罪悔罪、痛定思痛、悔过自新，就能从错误中觉醒和崛起，就能改邪归正、脱胎换骨、重塑自我，重新走向光明。"

最后杨组长还要求大家分配到新的改造岗位后，更要牢固树立身份意识、赎罪意识和改造意识，进一步巩固与提高在入监教育期间所学到的改造知识和常识，遵守监规，服从管教，努力把自己改造成社会有用之人。

上午11时50分左右，考验通报会结束，台上考核组成员先离席，台下全体服刑人员排着队列、喊着口号回监房。

第二天下午3时许，参加本期入监教育的全体服刑人员，个个手里提着一个大包子，整整齐齐地排列在楼下小操场的中间，等待分监区领导来宣布分流名单。

过了一会儿，只见李管教手里拿着分流表出来了。他先整理了一下队伍后，做了一个简短的发言，他说："一个月的入监教育时间至今天下午已宣告结束了，通过昨天上午监狱考核验收组的考验后，本期124名新收罪犯，除一名送严管未归队，一名因考核不合格留级至下一学期重学外，其余122名学员全部予以结业。下面我向大家宣布分流名单，请大家安静下来，认真听读。"

……

听完李管教宣读的分流名单后得知，我被分流到五监区改造，老王也一样，但兆祥被分到六监区去了。虽然与兆祥分开有些不舍，但好在能和老王分在同一个监区，心里还算平衡，没有太多的失落感和孤独感。

分流程序结束后，李管教将全体犯人按分配到各监区的顺序，一监区一纵队地排列起来，等待各监区来人接他们到新家落户。

第二章　冤家路窄

一

阳春三月，春风拂面，花红草绿，春意盎然，高墙内外处处呈现出勃勃生机。

下午4时左右，各监区派来的接送车陆续到达，我和老王及其他被分到五监区的30余名同犯，一起上了五监区的接送车。因三监区与五监区距离不远，用车子接送不到10分钟就到达了五监区的监区部。

接送警官叫我们下车排好队、报准人数，然后带我们进了监区部二楼大厅。监区部的警官叫我们先填好表格，然后他们给我们每个人都拍了照片，做了心理和病理咨询；同时，还对我们的学历、职业、专长等做了调查笔录，最后又把我们分配到下属的各分监区"安家落户"。

我和老王被分配到三分监区，这里的口语监区叫大队，分监区叫中队，五监区三分监区叫五大三。

　　我和老王在北山看守所时是同监室的，到这里又分到同一个中队，实属不易，确实是一种分不开、拆不散的缘分。因在这既艰苦又陌生的环境里，有亲密老乡陪伴度日，也可算得上是不幸中的有幸吧！

　　当监区部的警官把我们送到楼下平台时，三分监区的两名警官早已在此等候。这次分到三分监区的新犯共有六名，有老的，也有年轻的，有本省市的，也有外省市的。

　　监区部离三分监区路比较近，不用车子接送，我们只步行了十来分钟就到达。他们先把我们带到了分监区生产车间的楼下平台一侧，叫我们在此等候，还有一名警官陪着我们。

　　大约过了半小时光景，突然一阵震耳欲聋的铃声响起，把我们吓了一跳。我估计这是收工铃，他们快要下来了。过了一会儿，果然不出我所料，楼上的犯人们都陆续下来了，他们都是三人一组，手牵着手下来的。等到全部犯人都下到平台后，他们很自觉地排列成六长排，我们新来的六人也被安排在末排。

　　接下来是警官整理队伍了，只见一名中年警官走到队列前面中间的位置，口中高喊："立正——向前看——向左转——向右转——向前看齐——稍息。"

　　口令喊完后，接下来是犯人报数，报数结束后是犯人相互搜身。为什么要搜身呢？旁边的老犯告诉我，因监狱领导对犯人的人身安全是相当重视的，搜身的目的是防止犯人收工后，把车间里的生产工具或维修工具，如剪刀、钻子、铁锤、绳子、胶带等物品带进监房，防止犯人在情绪激动或低落时，用此类物品伤及他人或自伤、自残、自杀等。所以监狱对这方面的管理是相当重视和严格的，并把这些物品都称为违禁品，是绝对不允许带进监房的。收工后每次对犯人的搜身，就是搜犯人身上有没有私藏这些违禁品。搜身一般都分两步进行，第一步是犯人之间互搜，第二步是警官抽搜。凡被搜到身上藏有违禁品的犯人，一律给予扣分处理；性质严重的，还有可能被送严管处理。

搜身完毕后是带队警官讲话，他讲的内容大致是对今天一天内的车间生产情况进行小结，表扬表现好的，批评表现差的，最后还提了些要求，讲话时间不长，没有超过五分钟。讲话结束后，整个队列向右转，形成六纵，大家胳膊挽着胳膊走着回监房。中间还时而喊号，时而唱歌，听说每日上下午来回都是这样。这是风雨无阻、雷打不动的铁规矩。

回到监房后，大家都各自忙碌起来。同犯们有上卫生间洗手的，有搬凳子的，有准备餐具等待开饭的。

中队改积会主任把我们新来的六个人集中到二楼大厅东侧，他先向我们了解情况并做了个简要的记录，再把我们送到新犯组临时落户。

6时20分左右，以小组为单位开始吃晚饭了。这里的吃饭方式与入监队有所区别，入监队是每人一碗装的盖浇饭，而这里是按人均分饭打菜的。饭是放在饭盘里的，由打饭的人人均一份分给大家。当然是以吃饱为原则的，饭量大的可打一大份或一份半，饭量小的可打一小份或半份。菜是统一放在不锈钢大桶里的，由负责打菜的人先去二楼大厅分菜，然后拿回监房里，并根据菜的总量按人数平均分到各组员的菜碗里。因打菜绝对均匀难度大，容易得罪人，所以分监区做了规定，各小组打菜一律由小组长亲自打。

　　吃饭时，小组长告诉我们说："你们新来的六人吃好晚饭后到大厅集中，跟卫生组人员一起到楼下外场地水池边上洗饭盘、菜桶等。"他还叫小组里的两个老卫生组成员带我们一起去大厅。

　　10分钟左右，吃饭结束，我们六人就按组长的吩咐，跟着老卫生组成员一起到达大厅。只见大厅里站着很多人，起码有三四十人，我问老王："这么多人都是卫生组人员吗？"

　　"不全是。"老王解释道，"真正的卫生组只有十几个人，其他人员都是跟着卫生组人员，下外场地收晾衣服、被子、床单等物品的。"

　　过了一会儿，只见一个警官带着一个带监督员牌子的老犯过来了。听人家说那个戴牌子的老犯名叫卑貉，是本分监区的卫生组组长。他们先整队，再报数，然后带着我们下到了楼下的外场地。

　　到了外场地后，我仔细扫视了一下四周。这个外场地呈长方形，面积有800～1000平方米。南北两边都是四层楼房，西端是大门口，东端建有四口大水池。场地北侧建有一长排用不锈钢管焊接起来的晾衣棚，棚内还晾着一排排衣服、裤子及床单等。场地南侧是一大片空旷的水泥地面，估计是供犯人集合及开展各项文体活动时用的。

　　过了半小时左右，洗漱及冲洗全部结束，我们又通过集合报数后由警官带队返回监房。

　　小组长看到我们回来后，就连忙把我们叫到他的床铺前，分别了解了一下我们的情况后，就给我们安排落实床位了。这里的安排方式和入监队一样，年轻人睡上铺，年老体弱及患有慢性病的人睡下铺。因我患有高血压，组长也给我安排在下铺。

小组长自报家门，称自己是岭南人，姓曾名息。因他长期在北山打工，可算得上半个北山人了。两年前，他因酒后与他人打架，致对方重伤二级，北山法院以寻衅滋事罪判处其有期徒刑四年。他虽然在北山打工十几年，可我没见过他，但老王认识他，还同他喝过几次酒、打过几次麻将呢！

当他得知我也和老王都是北山来的，就对我们非常热情和客气，还主动地借给我们碗勺、水桶、脸盆等生活用品，使我们心里感到很温暖。

快到7点钟了，曾组长安排其他组员在小组里自学，把我们新来的六人带到大厅里静坐。

刚静坐了一会儿，突然有个熟悉的声音冲我耳门袭来："品杰，这么巧啊！你也分到五大三改造，我们俩真是缘分未尽啊！"我连忙抬头循声望去："啊！"果真是他，我心里咯噔了一下，顿感我和他的再次相遇，不是缘分未尽，而是冤分未尽啊！

"啊！原来是萩似桧，你也在这个中队改造，真是无巧不成书，想不到三年后的今天，我们俩会在这种地方重逢。"我沉思了一下回答道。

"对对对，真是太巧了。"萩似桧盯着我看了一眼后又说，"品杰，你刚来这里是新犯，我是老犯，我还是这个中队的劳动大组长，是负责整个车间生产的。你若有什么困难和需求，就及时告诉我吧，我会尽力帮你解决的。"萩似桧傲气十足地对我说道。

"谢谢你的好意，我现在还没有碰到，以后再说吧！"我不冷不热地回答道。

"那好，指导员在等着我去汇报工作呢，我先走了。"萩似桧大摇大摆、得意扬扬地离开了大厅。

望着他远去的背影和那得意的熊样，我心潮一阵波动，那尘封多年的往事即刻浮现在我的眼前。

他叫萩似桧，也是北山县人，长得低额尖嘴，一副猴子相。他说话尖酸刻薄，喜欢搬弄是非，善于搞阴谋诡计，是一个心术不正、令人讨厌之人。他和我曾在同一个乡镇工作，都是党委副书记，职务平等。他是分管政法线的副书记，我是分管党群线的副书记。后因乡镇换届选举，组织上提拔我为镇长候选人，他心里不服，认为他资格比我老一些，水平能力也不比我差，就妒忌我。

在选举前夕，他背着组织，拉帮结派搞阴谋诡计、做小动作。他伙同政法办主任及派出所所长等人，采取送烟送酒、封官许愿及恐吓威胁等手段，拉拢村干部及镇人大代表。他们计划在选举时，采取在选票上栽名的方法拉我下马，让他自己上位。

我掌握了具体情况及确凿证据后，向县委组织部及县纪委反映举报，后经调查核实后，县纪委给予他党内警告处分。县委组织部也对他做了降级处理，并把他调到一个临时性的工程指挥部当工程科长。因他是学建筑专业的，安排他到工程指挥部管工程也是对路的，可发挥他所学的专长。一年后，他被提拔为该指挥部的副指挥，后因他收受了施工企业老总送给他的8万元人民币被查。为了减轻刑期，他向检察院反贪局举报了四名同伙，因有立功表现，最后北山法院判处他有期徒刑六年零六个月。

当时的我，对他遭遇的下场喜忧参半。喜的是，像他这种卑鄙小人受到惩罚是咎由自取，是自作孽不可活；忧的是，他的坐牢或多或少与自己有点关系，如果当初自己能退一步，不与他竞争，不与他一般见识，不直接向县委组织部及县纪委举报他，他就不可能被降级后调到工程指挥部工作，那他也没有机会接触到工程建设项目和施工企业老板，可能至今仍平安无事。我也曾为此事内疚和自责过，想不到事隔三年后的今天，自己也步他的后尘，竟莫名其妙、鬼使神差般地进了监狱，而且还和他同在一个中队服刑改造。这到底是偶然巧遇还是命中注定？是冤家路窄还是缘分未尽……

"好了，半小时已到，静坐结束。"曾组长看了一下墙上挂着的电子钟后对我们道，"下面我把中队里的有关情况及新犯组的有关规定向大家详细地讲解一下。我们中队里的指导员叫沉斌，是一把手；中队长叫梧文高，是老二；分管生产的副分监区长叫方丙权，俗称生产副；分管教育改造的管教叫曹灵山。我们中队里的改积会主任叫沉翔、征文组组长叫杨春三、卫生组组长叫卑貉、劳动大组长叫萩似桧……"

曾组长向我们介绍了两个机构的领导班子成员后，又向我们介绍了新犯组的有关规定和要求。他说："按照我们中队的规定，凡新分配到我们中队的新犯，都要先进新犯组继续强化学习一个月。新犯组与其他普通组是有明显区别的，比如在学习上，其他普通组的学习是以小组为单位学习的，而我们新犯组的学习，除了有新犯分配下来的当天晚上，其余时间一般都集中在大厅里学习。再比如在学习内容上，也是区别很大的，普通小组是以学习'三课'内容为主的，什么叫'三课'呢？'三课'就是指政治课、文化课和技术课。政治课是以看中央新闻、听监狱和监区及分监

区领导点评、讲话及阅览报纸杂志为主的；文化课是以学习文化
知识为主的，如扫盲识字教育，初小、高小语文课补习教育，写
信、写日记及书画学习等；技术课是以学习服装知识、技术为主
的，如踩车技术技巧、上领上袖技术技巧，以及现场管理、机修
技术，消防安全知识教育等。而我们新犯组是继续学习、巩固改
造基础知识，以及基本行为准则等为主的。如继续学背行为规范、
报告词、应知应会知识及学唱改造歌曲等。同时，你们还要学习、
了解中队日常生活方面的一些规定、要求和注意事项等，如作息
时间、洗漱时间、大小便时间、内务卫生以及三连环方面的规定
和要求等。这些方面的内容与要求你们必须掌握和牢记；否则，
一不小心就会违规受处罚，一旦受到处罚，就会影响到你的改造。
这里的处罚种类也和入监队一样，有批评、训诫、扣分、送严管、
关禁闭等。另外，你们刚分到这里的新犯，还有无偿搞公共卫生
的义务。比如大厅、走廊的拖地，水池、卫生间的清洗及抬饭盘、
菜桶、开水桶等。其他参与人员是有加分的，而你们是义务的。"
曾组长口讲干了后喝了几口开水接着又说，"下面我把每周的学
习、劳动及休息的时间安排情况讲一下，我们监狱里有个模式叫
5+1+1模式。5是指每周5天劳动，时间安排是每周二至周六；第
一个1是指每周1天学习，时间安排是每个周的周一；第二个1是
指每周1天休息，时间安排是每个周的周日。这些指的都是白天，
而晚上是每个周一至周六都要学习的，时间一小时，即从每晚七
时开始，至八时结束。"曾组长抬头扫视了大家一圈后接着又说，
"下面我再强调一下三连环制度及日常运行情况，所谓三连环，就
是由三个人组成的一个连环小组，胸牌号都是同号码的。比如一

号连环，这三个人的胸牌号都是一号，只要三个人中间的任何一
个人要离开监房或车间生产岗位的，这三个人都要形影不离地手
牵着手一起行动。比如找警官、看医生、上楼层、下场地、打开
水、大小便、领物料等，都必须三个人一起手牵手地来回。谁若
脱离了三连环而单独行动，不仅脱离的人要受处理，而且其余两
个人也同样要受处理。所以要求大家对三连环的有关规定和要求，
不仅要牢记在心，而且要严格遵守；否则处理起来是相当严重的。
扣分是正常现象，情节严重的还要被送严管……"

丁零零——一阵清脆悦耳的下课铃声打破了监房的寂静。"下
课了，没有洗澡的人抓紧洗澡。"改积会沉主任站在大厅与走廊
交界处大声地喊叫道。

顿时，楼层上下、监房内外，热闹非凡。同犯们叠凳子的叠
凳子、洗澡的洗澡、洗衣服的洗衣服、大小便的大小便，大家都
在紧张而有序地忙碌着。

晚上8时半，值夜警官关掉了大厅和监房里的电视机，这时
离九时关灯睡觉还有半小时的时间，这个时间是组员们吹牛皮、
讲笑话、吃东西的时间。这里的吹牛皮、讲笑话都是以黄段子为
主的，比如在外面有多少个相好、玩过多少个女人、在里面有多
少个小情人给自己写过信、有多少个漂亮女孩来看望过自己等。
吃的东西大多是入监队那边带过来的，或者是家人会见时送进来
的牛奶、饮料、零食、水果等。

9时整，监房里关掉了大灯，仅保留房顶两端两盏昏暗的长
明灯，监房内的一切活动停止，全体组员均上床睡觉。

接下来是夜护正式上岗了，他们的任务是夜间执勤，如巡逻、

打卡、看监控及维护楼层就寝秩序等，直至第二天早上7时正式交接班。他们白天是不用参加劳动的，吃过早饭后统一集中到监区部休息、睡觉。

夜深了，同犯们都很快地进入了梦乡，可我却没有一点睡意，满脑子想的都是和萩似桧在一起的往事，以及今后如何相处相交等问题，直到凌晨4时了才眯了一会儿。

次日早晨6时10分，起床铃声响起后，监房里又立刻沸腾起来了，同犯们起床、叠被、洗漱、上厕所等忙个不停。因早上时间是非常紧张的，只有半小时左右要完成一大堆事项实属不易。难度最大的是上大号，因每个楼层有70多号人，而蹲坑仅有六七个，于是，每个早上上大号都是排长队的。听组长讲，经常有的同犯上好大号回到监房时，吃早餐已经结束收摊了，他们只好从自己的储物箱里拿点零食充饥，大家对此状况怨声载道、叫苦连天。因受各方面条件的限制，中队领导一时也无能为力解决此事，只好等闲视之。

开始吃早餐，时间很短，只有五六分钟就结束了，每餐吃饭都是狼吞虎咽的。饭毕后，大家都忙着洗碗、晾衣服、整理衣服及床上用品等，同时对牙杯、牙刷、牙膏、毛巾、水桶等日常用品，还要做到定置摆放、整齐划一。因出工大家离开监房后，分监区执勤的领导及卫生组组长还要到各小组检查，若发现被子叠不好或物品摆放不规范的，均要对当事人个体及小组集体做出批评及处理。

7时整，全体服刑人员到大厅集合，再由警官带队至楼下外场地，然后再由带队警官整理好队伍后，走队列至生产车间劳动。

具体步骤有以下几项：整队—报数—搜身—警官讲话。上述程序完毕后，犯人六人一排手挽手组成队列，听警官口令行进至车间。监房离车间距离不远，仅1000多米，队列行进20分钟左右到达。

二

到了车间后，劳动大组长萩似桧叫我们新来的六个人在车间门口左侧等候，其余人员均上自己的岗位作业。我借机打量了一下车间四周，感觉这个车间面积很大，起码2000平方米，呈长方形，结构是全框架的，四周都开有窗户。房南北两端窗上每隔一间都装有一台大功率的冷风机和排风扇，塑料地毯地面，地面上有序地摆放着各式各样生产用的机器设备，如平车、大烫机、小烫机、烤边机、钉扣机等。数量最多的是平车，足足排了四长排，占了整个场地面积的一半左右。

"你们六个人过来。"大组长萩似桧在大厅南侧招呼着我们，然后他把我们一个个地落实了劳动岗位，我被安排在劳动四组编号岗位。萩似桧告诉我："编号就是将西服的片料，包括里料、面料，还有辅料等，按顺序编写好号码。因制作西服是流水线作业的，每人做一道工序，衣服片料的组拼都是按序号进行的。所以对每件衣服的片料，如前片、后片、领子、袖子、口袋等里料和面料，包括辅料，均要进行编号。但千万不能编错、编乱、编反了；否则，就会造成一系列问题，其后果也是相当严重的。"他抬头盯着我看了几眼后，又皮笑肉不笑地对我道，"品杰，编号是个好岗位，但你要认真仔细地编啊！如果你编错了、编乱了、编反了造成不良后果，该怎么处理就怎么处理，我不会因你是我的老乡、同事而手下留情的，你可要好自为之呀！"萩似桧话里有话地说完后就离开了。

大组长萩似桧走后，站在一旁的小组长风华茂走到我跟前告诉我："编号这道工序是上档工序，一般人都轮不到的。因他不用站着作业，劳动工具仅是一支笔，既轻松、又干净，确实是个好岗位。但你编号时一定要认真仔细，千万别编错、编反了；否则，麻烦就大了。"

"谢谢组长的提醒和关心，我一定会小心的。"我很感激地答道。

风组长又转身同坐在我隔壁的同犯老刘说："老刘啊！你只有个把月就要回家了，他是你的接班人，你要好好带带他呀！"

"请组长放心，我会尽力带好他的。"老刘爽快地回答道。

组长走后，老王跑过来告诉我，他被安排在踩车岗位，离我这里很近，抬头就可以看到我。他还拍了拍我的肩膀，说："品书记，你运气蛮好的，编号这个岗位是好岗位，安排在这个岗位的人大多是关系户，是不是你家里人已经同这里的领导搭上关系了？"

"应该不太可能吧！因我在出所的前一天与家人见面时，就明确告诉他们，说根据自己在看守所这段时间得出的经验，改造只能靠自己，靠关系是没用的，其最终的结果是害人又害己。我还一再告诉他们，千万不要花冤枉钱找什么关系了，我自己完全有能力处理好一切。"我回答老王道。

老王走后，我陷入了沉思，心里一直在琢磨着，既然编号岗位是个好岗位，那萩似桧又为何特意安排给我呢？难道他真的在关照我、帮助我吗？这是绝不可能的。俗话说："江山易改，禀性难移。"尽管在监狱里改造了两年多，或许有些变好，但也不可能好得他能放下仇恨、不计前嫌、以德报怨，成为襟怀坦荡之人。

可是，既然他放不下恩怨，不会真心关照我，又为何要把这个大家公认的好岗位安排给我呢？他葫芦里到底卖的什么药？心里又藏着什么阴谋？我百思不得其解。但我总觉得昔日仇人突然示好此举反常，非虚则诈、非求则害。俗话说："事出反常必有妖，人若反常必有刀。"我觉得"坏人做好事比坏人做坏事更可怕"，我日后必须小心提防他才是。

这时只见一个戴牌子的老犯，手里拿着一个半导体话筒在喊着一大串犯人的名字，并叫他们到门口小岗亭前排队。

我好奇地问老刘道："那个戴牌子的叫这么多人排队干什么？"

"他们是看病的。"老刘回答道，"因监狱医院医生每天上午8时半左右都会到我们中队车间出诊。凡身体不适需要看病吃药的人，每天早上到车间后，要先到门岗老陈那边登记。等到医院医生到车间后，门岗就会用小喇叭通知已经登记在册的人前来看病。但没有登记的人，即使有病也不能看，除非突发急重病，经警官特批后方可，这是规矩，每天如此，从不改变。"

我经过个把小时的实践后，觉得编号这个活，说简单也简单，只是提笔写写1、2、3、4、5……10个阿拉伯数字。但说不简单也不简单，因它既要讲究数量，又要讲究质量。听老刘说，他忙时一天要编六七百件西服的片料号码，而且字迹要工整，不能马虎潦草。一天到晚几乎右手不离笔，笔尖不离料，其速度比饿鸡啄米还要快好几倍，让旁人看得眼花缭乱。

我觉得老刘这个人很好，我同他也是挺有缘分的，他不仅在具体操作上手把手地教我，而且还在理论上、技巧上指导我。比如编号时的坐姿，翻片、握笔的动作，以及片料的名称、正反面、里面料的识别等，使我很快地进入角色。

丁零零——一阵震耳欲聋的铃声响起，我忙问老刘道："老刘，这个铃声响起是什么意思？"

"现在正好是上午9时，这个铃声响起后，就是叫大家均放下手头的活，就近集中到廊道中间做工间操。"老刘介绍道。

我和老刘也快速进入就近通道中和大家一起做起工间操来，这个工间操就是八段锦，在入监队时已学过，大家一边唱《感恩的心》，一边做操。但做操的时间比较短，只有五六分钟就结束了。

"一组、二组的服刑人员，赶快集中南面通道排队上厕所。"中队改积会沉翔主任拿着半导体喇叭高喊道。

老刘又告诉我道："上厕所是分两批上的，一组、二组为第一批，先上；三组、四组为第二批，后上。下午也一样，三点整做工间操，做完操后即刻上厕所，我们也是第二批上的。"

时间在一天一天艰难地过着，我到五大三快两周了，编号工作也顺手起来了，但不轻松。自老刘被大组长萩似桧借调到三组剪线毛去了后，我一个人要编两个组的号，压力是很大的。好在小组长经常抽空到我这里来帮忙，有时他自己忙时，看到其他岗位组员有闲着的，就把他们抽调过来帮我编号。这段时间我总算硬挺过来了，既没有卡了下道工序，又没有出现质量问题。小组长还多次表扬我，说我一个新手能挑起编两个组号的重担，昨天还把我列为今天食物奖励对象上报到分监区，听说今天晚上晚餐时有鸭腿奖励。虽然鸭腿不是什么高档次的食品，在外面时懒得吃它，但在食品极度匮乏的高墙内，它也算得上是稀缺、上乘食品了。它不仅可以打牙祭、享口福，而且还可以为自己挣点面子，说明自己在劳改队里还混得不错。一想到这里，我的心里就感到美滋滋、甜蜜蜜的。

"品杰，你是怎么搞的？布料正反面编错了都不知道。"大组长萩似桧带着厂方女师傅，怒气冲冲地走到我面前发问道。随后，他把一大捆编反了的前片料扔到我的编号桌上。

我一下子被这突如其来的责骂声惊呆了，风组长看到后也马上过来了。萩似桧告诉风组长，说我把一捆100多片的前片正反面编反了，被厂方王师傅检查时发现了。

面对现实，我一时无语，看着周围的人都用异样的眼光看着我，我感到非常紧张和尴尬。

"由于你的错，导致了一系列的错，这100多片前片全报废了不算，还要重新返工补片，给分监区造成的麻烦和损失可大啦！对你的处理，我先报给分监区领导，最后由他们决定对你如何处理。我看训诫是打底的，扣分也有可能，你做好思想准备吧！"萩似桧唠叨几句后就走开了。

"你是北山人，名字叫品杰？"女师傅见萩似桧走后便有些好奇地问我道。

我本来懒得理她，认为她跟萩似桧走得很近，是一丘之貉。当听到她那清脆悦耳、委婉动听且略带有磁性的声音后，竟情不自禁地抬起头，仔细地打量了一番这个有些令人讨厌的女师傅来。只见她二十六七的年纪，高高的个子，苗条而有曲线的身材，精致的脸形嵌着一双会说话的眼睛，身上穿着一件紫红色的外套，竟然是一位优雅大方、沉稳从容、气质非凡的绝色美女，我心中的怒气瞬间就消了一半。

我心里在想，这么端庄美丽、温柔优雅的女子，是不可能助纣为虐，跟着萩似桧一起搞事害人的，一定是自己太敏感、太片面了。我转而也用比较温和的语气回答道："是的，我叫品杰，是北山县人。"

"你不要太担心，不会被扣分的，我会帮你找方副说情的。萩似桧这人心眼不好，不好讲话，你以后可要小心、仔细编号啊！"她最后用关心、安慰的口气说完就走了。

我看着她渐渐走远的背影，有似曾相识的感觉，心里默默在想：她既然这样关心我，还说替我找方副说情，那她当时发现我编反后，为何不直接找我谈话，向我指出问题，却在背地里向萩似桧举报反映，她到底唱的是哪一出戏呀？

过了一会儿，老刘闻讯后也赶过来了，他先安慰了我一下后对小组长风华茂道："风组长，依我看，这一刀不一定是小品编错的。因我被借调走后，小品一个人忙不过来，你不是经常派人过来帮他编号吗？我也曾经过来帮他编过几次，很有可能是帮忙的人编错的。风组长，你去找大组长及方副反映一下，说这一刀不是小品编错的，而是我不小心编反了的，叫他们处理我吧！"老刘用略带恳求的语气说道。

"这不行，你老刘这几天根本没来编过，怎么能说是你编反的呢？"我接着老刘的话说，"即使真的是帮忙的人编反的，我也不能说是他们编反的，因他们是好心来帮忙的，我怎么能好心没好报，反咬他们一口呢？这样会使他们心寒的。总之，这次他们不管对我做出什么样的处理，哪怕是扣分、送严管，都是我个人的事，与其他人无关。"

"品杰说这话在理，但老刘说的话行不通，因你上周就被大组长借调到三组去了，再加上你是老编号的，从来没编错过，现在说这一刀是你编错的，他们会信吗？你关心、同情品杰我能理解，我也如此。但向他们反映提要求的理由总要客观、充分，具有一定的说服力，使他听后能认同和接受。我作为组长，向他们说情况、提要求是肯定要去的，至于具体的理由及说辞我也已经想好了，事不宜迟，我现在就过去。"组长说后就找他们去了。

老刘看到我心情不好，又安慰我道："小品啊！你也不必太担心了，扣分的可能性是很少的，以前坐在你右边那张桌子上的那个编号员，也编错、编反过几次，但从来都没有被扣分，都是给予训诫处理的。"

过了一会儿，风组长回来了。他告诉我道："我刚才已向大组长及生产副都反映过了，他们虽然没有明确表态，但听话音估计是不会扣你分的。"他还拍了拍我的肩膀道，"品杰啊！你也不要过度担心和自责了，错了就错了，把它作为教训好了！接下来你要安下心来，认真仔细地编啊，可千万别再编错、编反了。"

"我知道，我会小心的，谢谢组长的提醒。"我怀着感激之情回答道。

目睹刚才老刘和风组长的举动及耳闻他们对我的关爱之词，我很受感动。这也让我明白了一个道理，监狱里所关押的虽然都是戴罪之人，但他们的三观大多是正确的，他们的心肠也大多是火热的，他们同样与外界的自由人一样有爱心和同情怜悯之心。这真是："监狱虽冷酷，人心却暖和。巍巍高墙内，还是好人多。"

到了下午5时，收工铃响了，同犯们都像往常一样，三人一组手拉手下着楼梯。我虽然表面上强装和平时一样，边走边与同犯聊着天、下着楼梯，但却心情不定、忧心忡忡的。

下到平台后，一切像往常一样，带队的生产副先整好队伍，再报数搜身，最后他做点评讲话。他也是老套路，先表扬好人好事，再批评表现差的及违规违纪的。当然，第一个被批评的是我，生产副点名我道："罪犯品杰，质量意识差，编号正反面编反了100多片，不仅片料全部报废，还造成多道工序返工，给分监区造成了很大的损失。但念他是初次犯错，经分监区研究后，决定给予他训诫一次，同时，今天晚上的食物奖励予以取消。"

听了生产副宣布的处理决定后，我喜忧交加。喜的是没有给我扣分处理，避免了要在新犯组里多待一个月的烦恼；忧的是昨天刚公布今天给我的食物奖励被取消了，这等于快到我嘴边的鸭腿飞掉了，会被小组同犯们笑话，面子上有点过不去。

这天是清明节，是国家法定的休息日。按照本监狱的惯例，凡国家法定的节假日，除了不出工劳动外，这一天的三餐伙食都有所改变，这个改变就是比平时多加些菜。今天早餐果然人均加了一个鸡蛋，还听说中餐人均又加两个粽子，晚餐人均还加一个鸡腿，大家心里都感到很开心和愉悦。

吃过早饭，同犯们都在监房里自由活动，有的在看电视，有的在看书写字，有的在下军棋象棋，大家自娱自乐，兴致勃勃。因我喜欢下象棋，正在和同犯老吴杀得不可开交时，突然值班门岗走到走廊门口大声喊："品杰、桂敏接见。"

"马上到。"我边答边起身转向大厅小跑过去。

到了大厅后，我和其他几名接见的同犯一起，通过门岗搜身及登记后，被站在门外的监区警官带到了接见室。

这个接见室的面积蛮大的，有300多平方米，呈长方形，两边都建有接见平台，平台中间隔着一道密封的玻璃墙。平台内外每个座位上方都放着一台电话机，因玻璃墙是隔音的，内外交流都只能用电话机通话。平台内外每个接见位置下面都放有凳子，是供犯人和家属坐的。此外，平台内外都有监狱民警在走动巡查，他们是维护接见秩序的。

我被安排在五号接见窗口，当我走到五号窗口时，只见我的父母、妻子早已在窗口外等候。我随即拿起话筒先与父亲交流起来，我们先交流了双方的一些基本情况后，父亲还告诉我道："关于为你申诉之事，尽管成功率很低，所花费的时间、精力、财力可能很大。但我们家里几个人的意见是一致的，就是一定要诉，绝不放弃。你姐叫我告诉你一声，她已经在为你找律师了。"

"老爸，儿子不孝，给你及整个家庭带来灾难。害你这么大年纪了，还为我的事奔波操劳，儿子对不起你，可你一定要保重身体啊！对于申诉之事，既然是法律赋予我们的权利，我们就按国家法律规定的程序走就是了。尽管希望渺茫，但我们一定要坚持始终，决不放弃……"

我与父亲通话结束后，接着与母亲通话。母亲是第一次来接见的，因她患有冠心病，家人怕她在会见时因情绪失控而加重病情或引发意外，所以在看守所及入监队时都没让她来，这次是她思儿心切非要来不可，家里人才勉强同意她来一回的。她拿起话筒看着仅有一张玻璃之隔且瘦得变了样的儿子，未曾开言就失声痛哭起来。她边哭边用嘶哑及略带颤抖的声音道："杰儿啊！你瘦了、你黑了，娘都认不出你了。娘想死你了，你在里面过得好吗？饭吃……吃得饱吗？他们有没有欺……欺……负你呀？你在里面一定要……要……照顾好……自……自……"

我见妈妈说话吞吞吐吐、语无伦次，手中的话筒突然掉落，身子骨好像塌了似的一下子趴在接见平台上，知道情况不妙，便大声地呼喊着："妈妈，妈妈，你怎么啦！你不要吓我啊……"

父亲及妻子见状也大吃一惊，他们边大声呼救，边用手指捏她的人中想把她捏清醒过来。

这时，巡逻的警官及旁边犯人的家属见状均围拢过来，他们中有几个懂点医学的人随即为她做心肺复苏术，值勤警官们边维护秩序边慌忙拨打120急救电话求救……

这时被困在玻璃墙内的我见此情景，吓得胆战心惊、魂不附体。我拼命地呼喊着妈妈——妈妈却传不出声音，我想跑到妈妈身边亲自救她、唤醒她，却又因为隔着玻璃而身不由己、无能为力。

幸好120救护车及时到达接见室门口，车上下来的医护人员及现场警官们快速用担架将妈妈抬出了接见室，抬进救护车后送往医院抢救去了。

站在玻璃墙内的我，目睹这一场景，心如刀绞、泪如雨下。我一直呆呆地、一动不动地站在那里。直到接见时间到，在警官及同犯们的再三劝慰下，才离开了这个令我痛苦至极、不敢回首的伤心之地。

我回到五大三监房后，小组长和老王等得知此情后第一时间过来看望我、安慰我，劝我不要过度伤心和悲痛，说我妈妈不会有事的，老天爷定会保佑她的。

我回来大约20分钟，值班警官差人把我叫到大厅谈话，并告知我的母亲是因情绪激动致冠心病复发，导致心肌小面积坏死。现经医生抢救后已脱离生命危险，住院两三天后就可出院。叫我不要再为此事担心，要重新振作起来。

我听到母亲平安的消息后，终于松了一口气，那颗一直悬着的心也终于慢慢地放了下来。

……

这天，因我们这批新犯在新犯组已满一个月了，中队改积会沉主任又把我们六人重新分配到普通学习组，我被分配到第一学习组，老王被分配到第二学习组。

吃过晚饭，我抬着一只新犯组发给我的里面装着衣物、食品及日用品的储物箱子，在新犯组组长的陪同下来到一组报到时，一组的两名老乡热情地接待了我。这两个老乡的家都是在我隔壁乡镇的，一个叫图聪德，现在是这个组的组长，以前是镇中学的校长，我们从前认识，大概是在饭局上见过面；另一个叫赵天霸，是个五大三粗的莽汉，说话大大咧咧的，以前并不认识。对于我们的到来，他们俩既很热情，又很照顾，使我感到非常温暖。

三

五一节前夕，监狱里发出了自5月1日起至8月底全监全面开展为期四个月的劳动竞赛活动的通知。其目的有两个：一是突出劳动改造的重要性，增强犯人们的竞争意识、吃苦意识和赎罪意识；二是进一步激发犯人们的生产热情和劳动积极性，促进生产力和生产效益的提高。具体内容是"两赛""两比"，即赛进度、赛质量，比效益、比贡献。监狱要求全监除了两个非生产监区外，其余监区及下属分监区，都必须无条件响应和参与。

五一节一过，一场以比、争、赶、超为主线的劳动竞赛活动，就在全监范围内轰轰烈烈、如火如荼地展开了。各监区都相继召开了动员会，并对这四个月的生产指标、质量要求均做了相应的调整。我们分监区仗着底子好、基础扎实，认为赛而必胜，分监区指导员在监区召开的动员上表态发言时，竟提出了响亮口号："本分监区在本次劳动竞赛中，每月综合考核排名，确保全监区前二，力争第一。"

这一口号的提出，除了中队领导压力增大外，我们犯人的生产任务也突然加重了。动员会的第二天，分监区随即召开全体生产骨干会议，并明确从5月开始，各个劳动组的日、周、月的任务数做全面调整，约增加15%；同时，还要求各劳动组对各组员的生产任务量，也相应地增加15%左右。

为了保障各劳动组及个人生产任务的完成和超额完成，分监区采用了精神奖励、物质奖励和加班加点等措施作为保障。这样一搞，分监区车间的劳动氛围明显改变了，生产的积极性也空前高涨了，犯人们早上出工的时间提前了，晚上收工的时间延迟了。星期天的休息时间和星期一的学习时间也均减少了一半，变成隔周休息和学习了。同时，对于白天没有完成任务的小组和个人，分监区还采取晚上加班加点的方式，以确保当日任务当日完成。

自劳动竞赛开展以来，我的编号压力也突然增加了，甚至增到难以承受的地步。因每个小组，包括每个组员的劳动任务均增加了百分之一二十的比例，这对我造成的影响和压力是毋庸置疑的。主要有两个方面：一是来我这里帮忙的人没有了。因每个人的生产任务都增加了，他们要完成自己的任务都是泥菩萨过河自身难保了，谁还会到我这里帮忙呢？小组长也为了保证全组能按时完成分监区下达的任务，而每天忙得不可开交，也根本没时间到我这里来帮忙了。二是我自身的日任务量增加了。因我负责的两个组，每日的总任务量均增加了 15% 左右，这个增加的编号任务全压在我一个人身上，压得我喘不过气来。为了不卡工序、不拖后腿，我每天只好手忙脚乱、拼死拼活地支撑着、苦熬着，导致我每天晚上睡觉时腰酸背痛、全身乏力，翻来覆去睡不着觉，但又无奈，只好日复一日地透支着本已虚弱的身体。

一天上午，因我得了感冒体温升高，头脑昏涨，编号速度明显减慢，把下面的几道工序给卡住了，尤其是三组踩片这一道影响大一些，那些被卡住的踩车工就哇哇叫起来。三组的组长立刻向劳动大组长萩似桧反映此事，萩似桧知道后随即跑过来批评我道："品杰，你今天上午怎么啦？速度这么慢，已经把下面的工序给卡住了。如果你不赶紧加快速度的话，我把丑话说在前头，到时我公事公办，要报分监区领导处理你的。"

我忙向他解释道："萩似桧，我首先告诉你我不是故意的。因我今天得了感冒，还有体温升高，头脑昏涨，手眼不灵，所以速度不快，我是向风组长报告过了的。萩似桧，我今天能带病坚持编号已经很不错了，你还要我加快速度怎么说得出口？请你不要太过分了好吗？你如果还有点人性的话，请你马上临时调个人来给我帮忙；否则，我也死猪不怕开水烫，你爱怎么处理我就怎么处理吧！"

"要我调人过来给你帮忙，这是绝对不可能的事，每个人都有自己的任务，哪有空闲的人来你这里帮忙？感冒又不是什么大病，多喝点开水就会好的，车间里得感冒的人多的是，他们不都是带病完成任务的吗？你却要我派人给你帮忙，这是绝对不可能的。我现在跟你说不清楚，也没有时间跟你说，你如果一定要这样的话，我会向领导报告的，到时别后悔。"萩似桧说完恼羞成怒地离开了。

过了一会儿，他把生产副叫来了。因他先在生产副面前告了我的状，再加上生产副又是个准头告的人，他认为萩似桧讲的都是真的，就不分青红皂白地把我批骂了一顿，然后还当着我和萩似桧的面说道："品杰完成任务差，认错态度也差，又卡了下一道工序，予以训诫一次处理，萩似桧你给我记下。"

萩似桧居心叵测、公报私仇的做法，把我气得差点吐血。如果放在外面的话，我非动手收拾他不可。

三天后的下午，拉料工赵基因把料拉到我旁边时突然跌倒了，刚好跌倒在我已编好的料堆上。我慌忙过去把他扶起来，叫他坐在我对面的凳子上休息一会儿。等他稍坐片刻后，我问他："老赵，你刚才是不小心摔倒的，还是身体不舒服晕倒的？"

"我今天下午头很痛、很晕，连眼睛都睁不开了，不是不小心摔倒的，而是被晕倒的。半小时前，我已经晕倒过一次了，这次是第二次晕倒了，还好晕倒在料堆上，没有伤着身体。"赵基因解释道。

"那你应该向警官报告，叫他们带你去医院检查一下。"我关切地说道。

"我第一次晕倒时，已向联系我们学习小组的王警官报告过了，他叫我先休息一会儿，如果还不行，叫我去向方副报告去医院检查一下。我坐了一会儿后，觉得好些了，就没去找方副报告了。"老赵继续道。

老赵休息了一会儿后，又站起来准备去拉料，我连忙拦住他说："老赵，你刚才人都晕倒了，刚休息一会儿，现在又要去拉料，再晕倒怎么办？身体是改造的本钱，你还是多坐一会儿吧。若警官看到你坐在这里休息批评你的话，我会帮你说明情况的，你就安心地坐在这里再休息一会儿。"

"那好吧！你说得没错，我刚才站起来时，感觉头仍有点晕，那我就再坐一会儿吧。"老赵边答边又重新坐了下来。

赵基因再次坐下不到3分钟，被路过的萩似桧看到了。他走到赵基因面前开口就骂："赵基因，你不去拉料还坐在这里干吗？一组那边半成品的料不多了，你还不赶快送过去，竟坐在这里和人家聊天，你这么大年纪了，干活还偷懒，像话吗？"

"报告大组长，我没有偷懒。因我今天身体不好，头痛头晕得厉害，大约半小时前我已晕倒过一次了，我也向联系我们学习小组的王警官报告过了，他叫我先休息一下，如果还不行的话，再向方副报告去医院检查一下。我坐了一会儿后感觉好些了，就没去报告方副，站起来继续拉，但拉到这里时又晕倒了，是小品把我扶起来的。"赵基因解释道。

"你头晕，还晕倒过两次，为什么不向我报告？你找王警官报告，他不管生产，你向他报告是什么意思？你的眼中到底有没有我这个劳动大组长？你刚才的解释不切实际，是偷懒的借口，你瞒得过警官却瞒不过我。你这么大年纪了，还花言巧语、不守本分，真是为老不尊，太不像话了。"萩似桧不仅不听赵基因的解释，反而黑着脸把他骂得狗血喷头。

这时，坐在旁边的我实在听不下去了，猛地站起身来，用手指着萩似桧反问道："萩似桧，你说这些话太过分了，他确实有病，他没有骗你，他也根本没有偷懒，我可以为他做证。刚才他摔倒是我亲手把他扶起来的，他坐了一会儿后又站起来想去拉料，也是我把他拦住，叫他再休息一会儿的。你要骂要处理就骂我处理我吧！"

再说赵基因，进来前是开小茶馆的，也是同三教九流的人都打过交道的，不是个等闲之人。他见萩似桧对他步步进逼，句句话语似利剑直刺他的心窝，也实在无法承受了。俗话说得好："逼急了的毛兔也会咬人。"他也突然站起身来冲着萩似桧反骂道："萩似桧，听说你在外面时还当过领导，想不到你会是一个这么没素质和人性的人，连最起码的尊老爱幼都不懂，竟然不分青红皂白，随便开口辱骂患病老人。还说我不像话，我看真正不像话的是你自己。你以为当上劳动大组长就了不起了，就可一手遮天了？可你什么都不是，你只不过是一个靠拉关系、拍马屁上位的哈巴狗、可怜虫罢了，我看不起你！"

萩似桧一听到赵基因在反骂自己，还骂得这么难听，顿时火冒三丈。他上前一把抓住赵基因的胳膊，恶狠狠地说道："赵基因，你长本事了，敢与我顶嘴，还骂我。走，到方副那边评理去。

我今天若不把你这个老东西治理得服服帖帖的话，我萩似桧就不姓萩！"

当萩似桧把赵基因拖拉到方副面前时，又来了个恶人先告状，他向方副报告道："报告方副，赵基因无病装病，偷懒不干活，还骗了王警官。当我批评他时，他不仅不接受，反而还骂我是哈巴狗、可怜虫。他骂我是哈巴狗、可怜虫，他把你们当成什么啦？对于这样的刁人，如果今天不给他点颜色看看，那今后车间的劳动纪律我就根本无法管理了。"

这时的方副，正准备到监区开生产会议去。听到萩似桧说了赵基因的一番坏话后，一下子脾气上来了。他用手指着赵基因道："分监区安排你拉小车小料是照顾你，你不知道感恩和珍惜，还无病装病，干活偷懒，这像什么样子？劳动大组长批评你，你还骂他，你也算是上了年纪的人，怎么会说出这样难听的话来？你真是太胆大妄为、无法无天了。"

"不是这样的，方副，你听我解释……"

"好了好了，我马上要开会去，没时间听你解释了，你不想做拉料工是吗？可以，我明天就将你的劳动岗位换一换。萩似桧，你把他带到大厅南侧去，叫他站在那里清醒清醒头脑，反思反思下午做错了什么，说错了什么，等我回来再做处理。"方丙权交代萩似桧道。

"好的。"萩似桧答道。

方副走后，萩似桧把赵基因带到大厅中央，叫他端端正正地站在那里示众。

老实巴交、正直善良、视面子如生命的赵基因，哪能承受得

了这丢人现眼、有辱人格的打击？因他本来身体就有病，再加上
受此凌辱，急火攻心，头痛头晕剧烈，血压一下子飙升了许多，
他只觉得两眼一黑、两脚无力，一下子就晕坐在地面上了。

　　站在一旁的萩似桧，见赵基因坐在地上后，不仅不查找原因，
反而说他在装病，将他骂了一顿后，又硬逼着他慢慢地站立起来。

　　萩似桧这种没有人性的做法，使心里一直怀着内疚和自责的
我，实在看不下去了。我慌忙跑到萩似桧跟前，同他说道："萩似
桧，你做人做事都不能做得太绝，你若对我有看法，不要拿赵基
因出气。他不是无病装病，而是真的有病，还病得不轻，你应该
赶快把他送到医院检查才是，你若再这样折磨他，那肯定要出大
事情的。"

　　"品杰，你既不是警察，又不是骨干犯，我们这么处理赵基
因，你管得着吗？你这叫狗抓耗子，多管闲事。你还是赶快回自
己的岗位编号去吧！否则，我向方副报告，说你擅离劳动岗位、
脱离三连环，把你连同赵基因一起处理掉。"萩似桧威胁我道。
因方副不在，萩似桧又蛮不讲理，我也很无奈，只好又回到自己
的岗位等方副回来再报告。

　　又过了半小时左右，当我又看到萩似桧再次把瘫坐在地面上
的赵基因逼骂起来时，我心中的怒火再也无法控制了。我猛地站
起身来，一溜烟似的跑到大厅，愤愤地同萩似桧说道："萩似桧，
赵基因没有什么过错，他晕倒后休息了一会儿又起身准备去拉料，
是我拦住他并劝他再休息一会儿的，如果说有错的话，错的是我，
而不是赵基因。如果你们要处理的话，应该处理我，而不应该处
理他。你们罚他站大厅更不对，应该罚我站大厅才对。"

　　我边说边走到赵基因身旁，扶着他朝大厅南窗下那张长凳子走去，然后又叫他斜躺在长凳子上休息。我又立马回到大厅正中刚才赵基因站立的位置，两腿立正、昂首挺胸地替赵基因罚站在那里。

　　"谁叫你站在这里的？谁同意你代替赵基因站的？"萩似桧狂吼道，"品杰，你站在这里不去编号，卡了工序你负得起责任吗？你不怕方副回来后又对你做出更严厉的处罚吗？"

　　"坐牢都不怕了，还怕什么处理？萩似桧，我可以明确地告诉你，如果你不停止折磨赵基因，我就站着不走，我心里已做好被送严管的准备了。"我愤愤地回答道。

　　萩似桧无奈，为了使自己有个台阶下，便故意放大嗓子喊道："品杰，你喜欢站大厅是吗？那你就站吧，等方副回来后再收拾你吧！"他边说边走开了。

　　当我站了20分钟左右时，刚开会回来的指导员上来了。他一进车间，看到大厅正中站着一个人，南窗下凳子上又斜躺着一个人，很是惊讶和不解，忙喊萩似桧过来问他这是怎么回事。萩似桧又是恶人先告状，他说赵基因无病装病，干活偷懒，自己批评他时，他反骂自己是哈巴狗、可怜虫。他把情况报告方副后，方副也很是愤怒，并将他罚站于大厅。他又说我爱管闲事，硬说赵基因没有偷懒，又说他病得不轻，还把站在大厅中间的赵基因扶走，自己替代赵基因罚站于大厅。

　　"报告指导员，萩似桧说的话不切实际，赵基因不是无病装病，而是他真的有病。下午他已经晕倒过两次了，当他第二次晕倒时，是我亲手把他扶起来的。他坐了一会儿觉得好些了，准备再去拉料时，也是我拦住他，并劝他再休息一会儿的。后被路过的荻似桧看到，他竟不分青红皂白地把赵基因一顿臭骂，说他无病装病、干活偷懒、为老不尊等有辱人格的言语，这才使得赵基因在忍无可忍的情况下，奋起反骂荻似桧的。指导员，我认为现在不是说理评理的时候，而是如何赶快送赵基因去医院检查治病的时候。依我看，赵基因的病情是比较严重的，他下午多次晕倒，且脸色潮红，头痛头晕得厉害，还时不时有些呕吐状，其症状很像脑溢血前期。他同当年我外公的发病症状差不多，我外公后被医生诊断为出血性脑卒中，因当时发现得晚，救治又不及时，最终没有救回来，我们现在还是赶快把赵基因送医院检查去吧！"我用带有恳求的语气道。

指导员听了我的这番话后，认为言之有理，当即就把卫生组组长及发药员等叫过来，他自己亲自陪同，还叫我一起，用垫料板做担架，抬着赵基因到监狱医院检查治疗去了。

经过监狱医院医生的仔细检查及做了脑部CT后，最后诊断赵基因为出血性脑卒中，俗称脑溢血。医生告诉指导员道："这个犯人病得不轻，幸亏送得及时，否则性命难保。"因监狱医院医疗设施有限，为了保证病人的生命安全，医院立马同市第一人民医院联系，随即将赵基因转到市一医抢救去了。

由于赵基因的病情严重，随时有生命危险，这引起了监区和监狱有关部门领导的高度重视。

后经监区及监狱两级有关领导商量研究后，觉得依据当前赵基因的病情，适合保外就医。于是由监狱出面，与赵基因家属及所在地公安部门联系，叫他们派人来监商量保外就医之事，最后三方达成一致意见，同意赵基因保外就医。同时，监狱方还考虑到赵基因病情危重，医疗费用高，其家庭条件不是很好，愿意拿出 10 万元人民币补贴。一切手续办妥后，当晚赵基因便由其家属拉出监后转到其他专业医院救治去了。

事后，监区、分监区对此事发生的始末进行了认真的调查后，认为在这件事上，萩似桧处事不负责任，且荒唐至极，差点闹出人命来，给予训诫两次处理；认为我为人厚道，处事认真仔细，救治赵基因有功，监区给予嘉奖一次。

对于我为赵基因伸张正义，并替代赵基因大厅罚站，以及积极建议指导员救治赵基因的举动和作为，同犯们无不对我刮目相看和钦佩不已。大家普遍认为，我是一个有血有肉、有情有义、有责任和担当的好人和强人。

四

天气灰蒙蒙的，我们正在走着队列，突然哇的一声，一只在低空飞翔的乌鸦从我头上飞过，还把鸟屎拉在我的左肩上，我预估这是不祥之兆，今天肯定有麻烦事要发生。

这天上午 10 时左右，萩似桧带着三组组长来找我，他把十几片袖子片料往我的操作平台上一扔，并说我编号字迹潦草，踩车工因看不清号码而无法踩车，影响了他们的速度，还当众批评了我一顿。

我听后很不服气地答道："潦草是有一点，你说看不清楚我不承认，且又是个别现象。你知道导致这种情况发生的原因是什么吗？我的任务太重了，一个人要完成加了 15% 左右的两个组的任务，谈何容易。为了保证进度，不卡下道工序，那我必须加快编号速度，那字迹较之前相比，当然要潦草一些了。但这不是我故意编潦草的，而是形势和任务所迫导致的，我也是迫不得已呀！如果我还是像之前那样工工整整、一笔一画地编写号码，那每天的任务就根本无法完成，卡下面的工序也在所难免。我认为要解决这个问题的根本，不是骂人、训人和处罚，而是给我再配半个人手，我保证像以前那样，编得工工整整、清清楚楚的；否则，我只能保持现状，要骂要罚随你们的便。"

"你这是在强词夺理，我根本无法跟你沟通，现在大家都有自己的岗位和任务，到哪里去抽人帮你编号？你说你加了15%的任务无法完成，人家不也是都加了15%吗？为什么人家能完成，你却难完成？"萩似桧反问我道。

"萩似桧，人家加的是一个人的15%，而我加的是两个组共七八十人的15%，这能一样吗？"我反问萩似桧道。

萩似桧听后一时无言以对，稍停片刻后，他恼羞成怒地道："品杰，我没有时间跟你论理辩解，我现在把话放在这里，你如果再出现类似情况，我肯定要报告警官处理你的，你好自为之吧！"萩似桧说完就带着三组组长离开了。

中午收工集合时，中队长梧文高在小结时点名批评了我，说我编号字迹不清，导致踩车工踩错，但数量不多，给我口头批评一次。

我知道这是萩似桧搞的鬼，他虽然没有给我训诫处理，但他有意叫中队长在集合时点名批评我一下，让他解解气，让我出出洋相。

晚上九时半，加班结束收工后，大家都忙碌着整理自己操作平台上的东西，准备收工下楼。我也慌忙整理好平台上的东西后，去关闭我桌面前方的窗户，这是小组长分配给我的包干任务，每早开窗、每晚关窗都是我的责任。当我把右边重叠的一扇门窗向左边推时，不知什么原因这窗门突然掉了下去。下面正是我们中队收工集合的平台，这时，走在前面的一组、二组的组员已经到达了平台，我慌忙把头伸出窗外向下大喊："窗门掉下去了，赶快避开。"可还是出事了，同犯张冬因躲避不及被门窗砸伤了左颈肩部。

这突如其来的横祸，把我吓得心惊肉跳。想想都后怕啊！如果砸到他的正中脑门，把他当场砸死怎么收场，自己非加刑不可了。

由于出了这件事，我一下子被推到风口浪尖上了，同犯们对此事也议论纷纷、说法不一。有的说我因推窗方法不当，用力过猛而掉下去；也有的说这是窗门没有安装标准或日久变形才导致一推就自然掉下去的……

可萩似桧却不这么认为，他认为这是我的过错，他还专门找我谈话，说这件事很严重，扣分处理是打底的。如果张冬伤情严重，鉴定结论是轻伤或重伤的话，我有可能被送严管、关禁闭，甚至加刑，我闻之不寒而栗。

为此，我曾多次找生产副、管教、分监区长及指导员反映汇报情况，反复向他们解释说明，收工后关窗门是我的职责所在，窗门掉下去不是自己故意为之，而是纯属意外。这不是我的过错，不应该处理我。

可他们的答复都是等张冬的鉴定报告出来后，再做考虑及处理。生产副还明确告诉我道："品杰，不管你有意还是无意推掉下去的，处理你是肯定的。具体怎么处理，还得依据张冬的鉴定报告及造成的伤残下结论，伤残评定等级越高，对你的处理就越重。这还得看你的运气和造化了，你现在要有足够的心理准备呀！"

几天后，张冬的鉴定报告终于出来了，伤残鉴定等级为轻伤一级。下午一时半，分监区召开警官会议，这次会议的内容除了研究日常工作外，重点是商量研究张冬的鉴定报告出来后，如何对我进行处理的问题。会议由指导员主持，分监区其他领导及全体警官参加。日常工作研究结束后，接下来是讨论对我的处理意见，大家对此事的发言都比较积极，有的说我没有什么过错，推窗掉下去纯属意外，要处理只是象征性处理一下就可以了。有的说，这是我推窗不慎或用力过猛才掉下去的，是要承担一定责任的，现在张冬的伤残鉴定为轻伤一级，对我做出扣分处理或送严管处理都不为过……

经过与会人员的认真讨论，反复辨析后，会议基本形成一致意见。最后由指导员总结拍板、一锤定音：给品杰扣分10分、戴脚镣10天、进新犯组强化学习一个月的处罚。

下午三时，分监区在二楼大厅召开点评会，全体服刑人员参加会议，内容有三项：

一、曹管教对上周的教育改造工作做简要小结，对本周的教育改造工作提出具体的内容和要求。

二、方丙权副分监区长对上周车间劳动竞赛有关方面进行梳理和小结，对表现好的小组及个人予以表扬和奖励，对表现差的小组及个人予以点名批评及处罚。当然，他第一个点名批评的是我。在会议上宣布了分监区对我做出的处理决定，他说："经过分监区警官会议研究决定：对罪犯品杰进行扣分10分、戴脚镣10天、进新犯组强化学习教育一个月的处罚。"此外，他还对本周车间劳动竞赛活动做了部署和强调，提出了要求和希望。

三、会议最后由分监区指导员做总结讲话。他对上周本分监区的学习教育和车间劳动竞赛工作，做了简要的总结。对本周如何做好教育改造和劳动改造，尤其是劳动竞赛活动，进一步明确了任务，提出了要求。

当我在会中听到方副宣布了分监区对我做出的处理决定后，心情无比愤怒，认为他们对我做出的处理决定，不尊重客观事实，缺乏理由依据，是乱弹琴、乱作为。他们还滥用警具给我戴镣10天，真是荒唐至极，我根本无法接受这一连串有损面子、有辱人格的处理决定。

会议一结束，我就迫不及待地去找指导员理论。我首先向他详细、重复地辨析了自己的无过错不该处罚的理由；其次向他反映了自己在外面工作时就与萩似桧有恩怨情仇的隐情，并一再说明这次是萩似桧借机公报私仇，催逼方副对我做从严处理的，你指导员一定要主持公道、明辨是非、公平公正地处理此事；最后我还向他表明自己根本无法接受分监区对本人所做出的一系列处罚的态度，并要求分监区领导重新召开会议进行复议，然后撤销对本人所做出的一系列处罚。

指导员听后，脸色骤变，他认为我会后找他，是因这次分监区没有给我送严管处理而来向他道谢的，根本没想到他一直在帮我说话，并顶住压力没有给我送严管，反而遭到我对他的责怪和埋怨。于是他用不冷不热、极不耐烦的态度和语气回我道:"品杰啊品杰,你怎么对分监区对你的从轻处理拎不清呢?虽然你推窗掉下去不是故意的,但毕竟已造成致人轻伤一级的严重后果呀!如果排除意外砸伤人的话,你是要被送严管或加刑的。送严管或加刑意味着什么?会给你带来什么样的后果?我相信你自己是清楚的。大家都是看在你上次处理赵基因这件事上有功,还得到监区嘉奖的分儿上,才对你做出降级处罚的。扣分处理就目前而言,对你所造成的影响和后果不是很大,戴镣10天及进新犯组强化学习一个月,可能会对你的面子及日常生活带来一些影响和不便,但这也是没办法的事呀!因你运气不好,横祸既然降到你身上了,你也只好承受了,好在时间不长,熬一熬很快就会过去的。说实话,我对你品杰的人品、素质和能力都是十分看好的,这次把你降到扣分处理,我也为你说了很多好话和公道话,你一定要好自为之,切莫提过分及无理要求。至于你提出的要求分监区再次召开会议,对你所做出的处理决定重新复议之事,我现在可以明确告诉你,这是根本不可能的事情,你还是趁早放弃这个想法和念头吧!"指导员看了看手表后又接着说,"你们马上要吃晚饭了,快回去吧!"

听了指导员的一番话,我一时无语。看着他远去的背影,我有一种很不是滋味的感觉,只好怀着无比沉重和失落的心情回到监房。

吃过晚饭后,我又被送到新犯组,由一组的聪德和天霸陪我过去。过了一会儿,二组的老王也过来了,他们一边安慰我,一边为我的事情打抱不平。老王还告诉:"根据可靠消息,这次对你的处理，荻似桧盯着分监区领导不放，硬要求把你送严管处理，是指导员、管教等主持公道，认为送严管处理过重，最后才降为扣分处理的。"

"老乡不帮老乡，还搞老乡，这个荻似桧连猪狗都不如，是我们北山县的人渣，我现在就找他算账去。"天霸边骂边往门外冲。

"天霸，快回来。"我连忙大声喊住赵天霸道，"你现在去找荻似桧算账，算什么账呀？你说他搞我，依据在哪里？处理决定是分监区警官会议做出的，而荻似桧又没有参加会议，你找他算账，牛头不对马尾，不仅自讨没趣，而且还有可能被分监区领导臭骂一顿，你又何苦呢？"

"品书记说得有道理，我们遇事处事一定要冷静，尤其是在这个关键时刻，切莫鲁莽行事，弄巧成拙，千万不要再给品书记添乱了。我认为找荻似桧算账是必须的，但不是现在，要等待时机，从长计议。我认为我们目前要做的事情不是找荻似桧算账，而是要想办法能使分监区领导重新开会，复议对品书记做出的处理决定，早日解除对品书记所做的不公正处罚，这是当务之急。我仔细考虑了一下，想要达到这个目的，我们必须多条腿走路。一是要继续向分监区领导要求，争取他们同意开会复议此事。如果他们一再拒绝的话，我们只能等待时机，寻找机会，等到监区或监狱领导来本分监区检查或视察时，我们就拦住他们，当面向他们反映此事。要求他们主持公道，给分监区领导压力，迫使他们重新召开会议，复议对品书记做出的处理决定。二是可通过投寄信件的方式，向上级领导举报此事。我们可以利用监房门口走廊里常年挂着的这三只信箱，因这三只信箱分别署着监区、监狱、省监狱管理局这三个单位的名称。其功能是当我们服刑人员在改造中受人欺辱或遇到分监区领导处理不公时，可通过写信件投寄至该信箱的方式，向上级这三个部门反映不公遭遇及诉求，这次品书记的遭遇刚好对路及适用。如果我们当面口头举报没有机会的话，就只能走这条路了。但要注意方式方法，要暗着投，不能明着寄，以免信件被分监区领导扣押而寄不出去。我们可以先写好信件，再选择合适时间，最好是早晨或晚上，乘走廊里人员进出忙乱之际，偷偷把信件投放进去。只有让上级领导看到信件的内容，引起他们的同情和共鸣，敦促分监区领导重新开会复议此事，才有希望撤销分监区对品书记做出的一系列处罚决定。"聪德率先谈出了一个具体全面的带有战略性的想法和意见。

"这个办法很好，品书记，你就考虑聪德的建议赶快行动吧！信件由你自己写好，投放到信箱之事就交给我吧！"天霸火急火燎、自告奋勇地催着我道。

"你们对我的同情和关心，我从心底里感激你们，但我不想你们为我的事情受到牵连。刚才聪德提出的通过口头或信件向上反映确实是个好主意、好办法，也是我这次的必走之路。至于在何时开始实施、具体怎么搞，还有待我认真地思考和分析后再做决定，到时我会告诉你们的。对了，有一点我要纠正你们一下，在这里，我就是个犯人，和你们一样，以后千万别称呼我以前的职务了，就直接叫我姓名吧。时间不早了，你们都先回去吧！"我规劝他们道。

"那好吧，你也别想得太多，晚上好好休息吧！"他们三人边说边离开了新犯组。

　　晚上九时整，监房里的两盏日光灯关掉了，只剩下房顶两端的两盏长明灯仍有气无力地散发着昏暗的光芒。我躺在床上翻来覆去睡不着觉，大脑里在不停地回想着下午点评会上生产副宣布的分监区对我做出的处理决定，以及自己找指导员理论时指导员的态度和所说的一番话，使我的心凉到了极点。继而我又想起自己从明天开始，将要戴脚镣出工劳动10天，这是多么丢人现眼和狼狈不堪啊！我不禁默默地向自己发问："品杰啊品杰，你前世到底做了多少坏事，作了多少孽？导致今生要受这么多冤屈和磨难啊？"想着想着，突然觉得心一酸，委屈的泪水渐渐地模糊了我的眼睛。这一夜，我又彻底地失眠了。

第三章　智斗顽犯

一

　　早上5点左右，天刚蒙蒙亮，监房里静悄悄的，同犯们大多还沉浸在梦乡之中。因我心中有重重心事而睡不着觉，便小心翼翼地起了床，并偷偷地从床底下的储物箱里拿出小书包，然后取出纸和笔，把背靠在床头，默默地写起举报信来。我一连写了内容几乎相同的，都是反映自己的不幸遭遇和不公处罚，以及要求上级领导派人来分监区调查处理的信件。

　　起床铃响了，监房内外一片繁忙和混乱。大家洗漱的洗漱、大小便的大小便、洗衣服的洗衣服，都急急忙忙地干着自己的活儿。

　　我乘着上卫生间洗漱和大小便之际，偷偷地把早上写好的三封举报信，分别投放到挂在走廊上壁位置的监区、监狱及省监狱管理局这三个信箱中。我深知这是一场赌局，因分监区有明确规定，犯人要向上级投寄举报信件的，要逐级举报，不能越级。即先向分监区领导举报，分监区不解决或解决不了的，再向监区举报。监区不解决或解决不了的，再向监狱举报。监狱同样不解决或解决不了的，才可向省监狱管理局举报。但我觉得，如果按这个规矩、套路进行，那速度太慢了，这样一来二去，起码要耗时一两个月，我可等不及了，也管不了那么多了。为了早日摆脱自身的烦恼和耻辱，我只能急事急办，冒险行动，后果如何也只好顺其自然、听天由命了。

吃过早饭后，我被生产副戴上了三公斤重的脚镣。下楼梯时，我被三连环成员扶着走。走队列时，因我无法参与其中，只能被三连环成员挽着胳膊走在队列边上，由一名警官看押着。看看自己脚上戴着的沉重脚镣，想想自己上工场犹如上刑场似的，被同犯们看笑话，真是奇耻大辱啊！

到达车间后，周围的同犯们时而用异样的目光看着我，时而又交头接耳地议论着我，我一下子成了五大三的新闻焦点人物了，真是脸面丢尽、无地自容。

下午3时左右，我正在紧张地编着号，突然生产副差人把我叫过去。我刚喊了报告词后，他就严肃地把我批评了一顿，说我违反信件投寄规定，没有逐级反映，而是一下子同时向上级三个单位投寄举报材料。最后，他很愤怒地谴责我说："品杰，你不要以为在外面时当过乡镇党委书记就很了不起，你要记住，你现在的身份是犯人，犯人就得遵守监规。你自以为是、目空一切，竟背着我们向上级举报，还越级把信件寄到省监狱局去，你真是胆大妄为啊！同时，你在信中写的内容又不切实际、夸大事实，甚至是狡辩。你这是在接受处罚期间再犯错，是错上加错，你知道吗？"

"方副，我这也是迫不得已呀！因我……"

"不要做什么解释了，你的所作所为是严重违规的，你做好再次被处理的心理准备吧！"方副不耐烦地道。

回到岗位后，我呆呆地坐在那里，心里百思不得其解，刚刚早上投进去的信件，下午生产副怎么就知道了？难道监区、监狱领导看过信件后退回分监区处理了？这不大可能吧，因他们来分监区取信件的时间是固定的，都是每周的周四上午取的，可今天还是周二呢！难道早上投信时，被人家发现后遭举报？这也不对呀，如果是这样，那生产副只会知道我早上投过信，而不应该知道信中的内容呀！难道走廊里挂着的这三个信箱的钥匙，分监区领导手里都有，他们可以随时打开信箱查看信件？这样好像又不对，那监狱在各分监区挂着这三个信箱还有什么意义呢？这分明成了糊弄犯人们的三个摆饰，那犯人们还投什么信、举什么报呢？

对于这件事，我虽然认为自己做得有些不妥，但也觉得没有什么大错，既然投都投了，骂也被骂了，也没有什么好后悔和退缩的了。男子汉大丈夫就该敢作敢当，要杀要剐随他们的便吧！

晚上吃晚饭前，聪德偷偷告诉我道："根据我所了解的情况，你早上投寄信件时被旁人发现了，他随即向萩似桧反映此情况。出工到车间后，萩似桧又向生产副汇报了此事。为了不使你投寄的信件越级上传到上层领导那里，下午2时左右，生产副带着萩似桧等几个生产骨干，到监房查看信箱。当发现这三个信箱里都有信件时，萩似桧又故技重演，用自制的钢丝夹分别把这三封入箱的信件一封一封地钩夹出来，实际上他们的做法是违纪违规的。据我分析，生产副虽然狠批了你，但对你做出过重处理的可能性是不大的。因他们的做法也不光彩，也不想把此事的动静闹得过大，如果搞得满城风雨，监区及上层都知道此事后，那他们也不好向上交代，尤其是钩信者萩似桧，肯定是要受处理的。你觉得我的分析对吗？"

我点头表示默认与赞同他的见解和分析，觉得他思维敏捷、脑子管用。同时，他刚才所说的一番话，不仅使我脑子里的疑团迎刃而解，而且还觉得他们的作为反而对我有利，至少使我掌握了萩似桧等违规违纪的依据和把柄。

晚上学习一结束，聪德、天霸和老王相继来到我这里，老王和天霸也向我传递了方副下午带着萩似桧等几个生产骨干来监房查看信件，以及萩似桧用自制钢丝夹钩夹信件之事的信息。同时老王还告诉我道："通过我这两天的深入调查了解，掌握了萩似桧的一些具体情况，至少有三个方面：第一是萩似桧上头有人。说他有亲戚在监狱哪个部门当领导，所以萩似桧仗着自己有靠山和背景，就忘乎所以、为所欲为、拉帮结派、欺压同犯，成了五大三的牢头狱霸。第二是滥用职权。他利用劳动大组长的权力，在推荐生产骨干人选上，以及劳动岗位安排上，任人唯亲不唯能，他所推荐的人，都是他的亲信或与他关系密切的人。第三是以权谋私。他利用劳动大组长这个职权，千方百计牟取私利。中队里的一些犯人，为了当上生产骨干，或者能谋得个好岗位，向他送钱送物的多的是，他都是来者不拒。还有知情者说他床底下有三个储物箱，而且都装得满满的，储藏室里还有两个大储物箱，也同样装得满满的，什么食品、物品、补品都有，比如西洋参片、高丽参茶、西湖龙井、六味地黄丸、钙片等。还说他床底下的其中一只储物箱中，藏有香烟及自制葡萄酒等，如果属实的话，一旦被查到有这些违禁品，他起码要被扣分或送严管处理。"

"那我现在就去向指导员举报，叫指导员立马去查，把他藏在箱里的违禁品统统查出来，他就倒大霉了，他这个劳动大组长也就当不成了。"天霸插道。

"你的想法和做法绝对不可取，如果指导员听信你去查萩似桧的储物箱，万一里面没有违禁品怎么办？指导员不骂死你才怪，萩似桧能放过你吗？他肯定说你蓄意诬告陷害他，除了骂你外，还会逼着分监区领导处理你，你这不是偷鸡不成蚀把米吗？分监区最终要处理的人不是萩似桧，而是你赵天霸。"我当场否定了天霸的馊主意。

"萩似桧这等鼠辈，穷极龌龊之能事，简直坏入骨髓之中，我等击垮他是必须的，但不能盲动或急于求成，小不忍则乱大谋。"

"哎哟，聪德大哥，你说话不要总是慢悠悠、文绉绉的，我大老粗听不懂，请你讲得直白一点、干脆利落一点好吗？"天霸打断聪德的话道。

"好好好，下面我就讲直白一点吧。我认为我们当前要做的事情是：首先物色好合适的人员打入五组内部，或在现有的五组中物色合适的人员，这些人可以是我们自己的人，也可以是与萩似桧有过节和矛盾的人。叫他们专门盯着萩似桧的行为和动向，以及他床底下的三只储物箱。比如他暗底下交往接触的人都是谁？什么时候收过什么人送给他的物品？什么时候他用西洋参片、高丽参茶泡开水喝？什么时候偷吸过烟及偷喝过自酿的葡萄酒，以及这烟和葡萄酒都装在哪只储物箱里面？一旦我们掌握了这些实情后，就可以理直气壮地向指导员报告，那萩似桧就吃不了兜着走了。其次是要想尽一切办法，把萩似桧用自制钢丝夹偷夹上级三个单位信箱里信件的违规违纪行为，举报到监区、监狱领导那边去，让上级领导下来调查此事。如果查证属实，萩似桧将会受到双重打击，他必定会受到送严管及以上的重处理。但向上举报的路很有限，写信件举报这条路基本被堵死了，即使我们再写再寄，同样会被他们中途拦截而寄不出去，那剩下的一条可走之路就是当面向监区及监狱领导反映了。因再向分监区领导反映已没有什么意义了，这次处理品杰时，听说曹管教及指导员都帮着品杰说话，尤其是指导员，顶着压力为品杰说公道话，才没有被送严管。如果我们再找指导员反映情况，不仅没有效果，反而会增加指导员的压力，导致他对品杰反感。当然，尽管当面向上级领导举报之路可走，但机会很少，我们只有耐住性子，静心等待。等到有一天监区或监狱领导来我们中队检查时，我们才有机会直接拦住他们，面对面地向他们举报品杰所遭受的不公处理及萩似桧偷夹信件之事，才有可能峰回路转。"聪德向大家详述了自己的想法。

"刚才聪德谈得很好，分析得也很有道理，提出的实施方案可以尝试，但我们一定要小心谨慎，秘密而有序地进行。比如盯着萩似桧的人要找准找稳，他们必须是与我们同条心的或与萩似桧有矛盾的人；否则，不仅会导致我们的计划落空，而且还会落人家于口舌。再比如向上级领导'拦轿告状'之事，因机会不多，须耐心等待，千万不可急于求成、走漏风声，避免羊肉未吃到，惹得一身臊。"我扫视了大家一眼，接着又亲切地说，"你们仨这么关心我，日夜为我的事情操心、担心，令我感动无比，你们三个都是我品杰在患难之中结交起来的好兄弟啊！"

"品杰说得好，我等你说这话已经等了好久了，那以后我们四人就是好兄弟了。"天霸迫不及待表态。

"对，从此以后，我们四人就是患难相交的好兄弟了。"我爽快地答道。

"那太好了，能和品杰结为兄弟，这是我们的荣幸和福气啊！"聪德、老王异口同声地道。

二

我戴镣的第二天，同犯们对我的关注度明显减弱。我经过昨天上下午出收工的四次来回，也有点适应了，脸皮也有点厚起来了，不像昨天那样见人脸红及难为情了。

刚到车间不久，我正在紧张地编着号，突然有个人影不声不响地在我对面的凳子上坐下，还送过来一阵沁人肺腑的女人味。我忙抬头一看，原来是厂方的女师傅。

"你是来看我笑话的吗？"我没好气地问她。

"我知道那天你编反了号，被我发现后向萩似桧反映，导致你被骂被处理，对我意见很大，牢骚满腹。但这也是我职责所在，而不是故意搞你、为难你的呀！我作为一个厂方派驻车间的师傅，总不能看到有人编反了号当作没看见，让他一错到底，最后错成一连串、一大片呀！再加上那时我也不认识你，也不知道你叫品杰。可事情都过去这么多天了，你何必耿耿于怀、抓住不放呢？"她抬头环顾了一下四周，又低声道，"我今天不是来看你笑话的，而是来想帮你点忙，为你做点事情的。"

"你能帮我忙？为我做事？我耳朵没有听错吧！我与你非亲非故、非朋非友，你为什么要帮我？"我好奇地问道。

"我与你亲虽然谈不上，友却沾着边。你认识王昭玲吗？她就是我姐。"

"什么？你是昭玲的妹妹？"我一下子听蒙了。我仔细地打量了一下她的头面部和体型，觉得她确实很像昭玲，她没有骗我。我顿感一阵暗喜，对她的敌意瞬间不翼而飞。我半认真半开玩笑地对她说："怪不得你长得这么漂亮，原来是我国古代四大美人之一的王昭君。其实你姐长得也很漂亮，我们不仅熟悉，而且还很要好，她和我及萩似桧都是同事，也是同班子成员。你姐是组织委员，与我是同条线的，都属于党群线。听说她现在当镇长了，请你见到她时代我向她问好和祝贺。"

"好的，我一定会转达的。"

"这么说来，我们都成了北山的老乡了。"

"北山是我娘家，我丈夫是黄江人，办服装厂的，我现在也成为黄江人了，但还可以称得上半个北山人。"

"怪不得你同萩似桧这么熟悉，关系也这么好，听人家说你们俩还经常打情骂俏呢！"

"你吃醋了？萩似桧是什么人，我姐早就告诉过我了，他是个不讲情义、唯利是图的'小人'，我至今都没有告诉他我是昭玲的妹妹。当我把遇到你的情况告诉我姐后，我姐说你人品好、素质高，是一个可交之人。她还告诉我当年萩似桧与你争当镇长之事，并再三叮嘱我要多帮助你。"

"谢谢你及你姐对我的了解和信任。"我有些感动地说道，"你刚才说要帮我,那你怎么帮?能帮些什么?说来听听。"

"如果你信得过我,在不严重违规的情况下,我会尽力帮助你的。比如你有急要事需要马上与家人联系,我可以及时帮你与你的家人沟通联系;又比如你在里面遭到其他犯人欺侮或受到不公待遇时,我可为你向上级有关部门或领导反映情况,为你打抱不平、伸张正义。"昭君认真地说道。

"那太感谢你了,有你做我的坚强后盾,我对未来的改造充满了期待。不过,请你放心,不到万不得已,我都不会给你添麻烦的,因我一贯主张改造靠自己,不能靠别人。只有脚踏实地,一步一个脚印地改造,才是改造的光明大道,才能成功地抵达彼岸。"我也认真地说道。

"我知道你是一个正直善良、光明磊落之人。但监狱不比外面,因里面没教养、没素质的小人和垃圾太多了,好人吃亏受欺负的例子也多的是,你若平白无故受欺负时,请你及时告诉我,我会尽力帮助你的。"

"好的,有空多来坐坐。"

王昭君走后,留下的影子和余音使我身心陶醉、回味无穷,糟糕的心情一下子好了许多,低落的情绪也一下子振作起来。

下午收工集合时,梧中做小结讲话。他先表扬了今天车间里表现好的五人后,又点名批评了三人,其中一个是我。他说我违反信件投寄规定,越级向上投寄了三封举报信,分监区决定对我做出训诫一次及延长戴镣时间五天的处理。听到梧中宣布的这个处理决定后,我刚刚好起来的心情一下子又变得很差。训诫一次处理我是有心理准备的,然而延长戴镣时间五天却有些意外,确实使我难以接受。我拖着这沉重的脚镣，好不容易过了两天，现在一下子又要加五天，这等于越戴反倒时间越长，让人感觉很不是滋味。但又有什么办法呢？谁叫你进到这种地方来，既然进来了，只能自认倒霉罢了。

最后，梧中特别强调要认真做好明天上午的迎检工作。他说："今天下午接到监区的通知，明天上午监狱有关领导要到五监区检查劳动竞赛活动进展情况。检查组成员先到监区听取工作汇报，然后再下到三个分监区的生产车间实地现场检查。至于具体会到哪三个分监区车间检查，得由检查组自行确定。监区领导要求各分监区做好迎检工作，当然，我们分监区也不例外。"梧中抬头扫视了一下队列，接着说，"为了做好本分监区的迎检工作，下面我向大家提三点要求：一是要重视抓好生产的进度和质量。各小组及组员个人的日任务量要保证完成或超额完成，同时还要讲究质量，不能粗制滥造，务必合规达标。二是要遵守车间劳动纪律。大家必须坚守劳动岗位，紧张而有序地作业，保证做到不讲话聊天、不随意流动、不打闹玩乐。尤其是检查组来车间时，须做到不东张西望、不交头接耳、不发呆打瞌睡，一门心思、全神贯注地做好自己的本职工作。三是要搞好环境卫生。即要求保证公共场所全天候干净清洁无垃圾，个人岗位的地面、平台、车面等要卫生整洁。成品、半成品、原辅料等要定置摆放，整洁有序。总之一句话，明天检查组无论来与不来，我们都要做好来的准备，保证不出任何意外。若有不落实者或故意捣乱者，一律从严处理。"很明显，梧中强调的最后一句话，是含沙射影讲给我听的。

刚吃过晚饭，聪德、天霸就过来了，过了一会儿，老王也过来了。他们是下午收工前约好一起过来安慰我的。他们在安慰我的同时，都向我提出一个问题，明天若检查组真的来我们车间，那"拦轿告状"之事搞不搞？

我不假思索地回答道："萩似桧等人一而再、再而三地把我推上了悬崖，逼上了绝路，我已到了忍无可忍、无路可退的地步了。绝地反击是我唯一的选择，我在回来的路上就想好了，若明天检查组真的到我们车间来，我就毫不犹豫地拦住他们，面对面地向他们反映自己的不幸遭遇，以及萩似桧等人违规私自钩夹检举箱里的信件之事，并要求他们深入调查、主持公道，公平公正地处理此事。"

"这不行。你目前正在接受处罚，如果你再出面向检查组告状的话，那等于罪加一等，他们肯定要把你送严管的。我现在已经想好了，如果明天监狱领导真的来我们车间检查，由我出面代你告状，如果我告赢了，不仅你可以平反了，而且我也一下子成为五大三的大英雄了，那多光荣啊！如果告失败了，因我是第一次犯错，他们最多给我扣分处理，是不可能给我送严管的。扣分处理对我来说无所谓，我既不想减刑，又不想评选改造积极分子，让他们扣吧！这事就这么定了，请你答应我吧！"天霸快言快语地道出了他的想法。

"光你一个人出面替品书记告状，效果不会很好。我的意见是由我们三人牵头，再组织我们手下的一部分人一起告，其结果会比较理想。即使告状失败了，分监区对我们的处理也肯定不会很重，根本不可能扣分，法不责众嘛！分监区领导不可能一下子扣一大批人的分的。"聪德接着天霸的话道。

"这绝对不行。我不是早就跟你们说过了，我的事情还是先由我个人出面解决为好，我不想牵累你们，更不希望你们为我的事情受到处罚。其实，我对这次当面向检查组举报、告状之事，也做过认真的思考和分析，评估过利弊与得失。如果告成功了，不仅能为自己讨回公道，撤销解除分监区对我所做出的一系列处罚，而且还会给萩似桧一伙当头一棒，把他们的嚣张气焰打下去。若告状失败了，他们给我送严管的可能性也不大，因他们也知道萩似桧私夹上级单位信箱里的信件是违规的，如果对我处理过重，必然会导致物极必反的后果，到那时分监区领导处理起来也是比较麻烦的。所以，仅为了向上级领导告状而给我送严管的可能性几乎为零，你们不必为此事过于担心。我认为，你们现在出头露面帮我还不是时候，你们现在要做的事情是暗中帮我出主意谋对策，以及打听对方的有关消息，查找一些有价值的线索和证据就可以了。这方面老王有天赋和特长，请你这个'外交达人'多辛苦些。"我劝阻他们道。

我说得没错，在人际交往方面，老王可称得上是行家里手，故人家送给他一个绰号叫"外交达人"。他身上有三大特点：一是他善于游说。他这个人不善于坐，而善于动。平时爱串组游说，爱传播或打听消息，活动范围广泛。他又能说会道，嘴上功夫了得，人家夸他能把活人说死、死人说活。二是他乐于助人。他经常帮助一些老弱病残犯人做些好事、办些实事。比如帮他们提水桶、洗碗筷、洗衣服及下外场地收晾衣物等，他还经常帮一些不识字的犯人写写信、填填表格等。三是他善于施舍。因他家底殷实，又舍得花钱，经常帮助一些新来的犯人及三无犯人（无汇款、无接见、无信件），解决一些困难。如新犯刚来缺东少西的，他送些衣裤及日用品给他们。如三无犯困难，他送些零食、水果、饮料及生活用品给他们，大家都称赞他是一个"好心肠的累犯"。正因为老王身上有这些特长和优点，所以他的狱友遍布整个分监区，导致他打探消息便利快速，笼络人心得心应手。

聪德等三人听了我的想法和对此事的分析后，觉得言之有理，就不再与我争出面告状之事了。黄昏上课前时间有限，大家讨论交流了一下情况后，各自回监房上课去了。

学习结束后，我打开储物箱，拿出小书包，把原来写的向上级反映的举报材料的留底稿拿出来，并做了些补充和完善，即在原来的基础上，再把萩似桧用自制钢丝夹钩夹已入箱信件的内容添加进去。我决定明天上午检查组来车间时，采取口头举报加书面举报双重出击的方法进行，以争取收到更好的举报效果。

第二天上午出工到车间时，只见中队领导全副武装出动，普通民警也比平时多了好几个。我的心情有些忐忑不安，难以专心致志地编号，两只眼睛时不时地向车间门口眺望，期盼着监狱领导带领的检查组早点到来。

时间在一小时一小时地过去，检查组却迟迟没有到来。天霸是个急性子的人，他有点等不及了，因他心里早有准备，若检查组真的来车间的话，在我拦住他们告状时，他很可能会中途杀出助阵。所以他心里很是焦急，曾两三次跑来问我，怎么检查组还没来？是否不来我们车间到其他车间去了？

我看到天霸这么焦急的样子，就安慰他说："你急什么呀？该来的迟早会来的，不来的你急也没用，还是顺其自然吧。你这样跑来跑去的，若被萩似桧或分监区领导看到，难免又会被他们骂一顿。"

又过了个把小时，快到11点半了，还不见检查组的踪影。我估计他们不会来了，心里感到有些惆怅和失望。直至中午收工铃响了，还不见检查组的到来。下到楼下平台集合时，我们才从指导员口中得知，这次检查组下到哪个中队车间检查，不是由监区领导指定的，而是由他们自己抽签决定的。上午被抽中的车间是一、四、六分监区车间，所以他们没有到我们车间来。

于是，一场经过反复酝酿、精心策划安排的，向上级领导"拦轿告状"行动，因检查组的没有到来而付诸东流了。

三

转眼间我戴镣的时间快一周了。我每天都拖着沉重的脚镣和疲乏的身体，在苦苦地挣扎着，并用尽吃奶之力，使出浑身解数，才勉强完成两个组的编号任务。组长虽然非常同情我，对我的艰辛和努力看在眼里、记在心里，但因心有余而力不足，很少到我这里来帮忙。可萩似桧好像与我特有"缘分"，总是忘不了我。他时不时地来我这里说三道四，要么催编、要么逼料，搞得我每天身心疲乏，头昏脑涨，情绪非常低落。

"品杰，上级领导找你谈话，你过来一下。"

我抬头一看，原来是指导员在喊我。

"到。"我边回应边向大厅方向走去。

指导员把我带到两个陌生警官面前对他们道："两位领导，我把品杰带过来了，你们找他谈话吧！"说完他就走开了。

　　我怀着忐忑不安的心情走到他们的跟前，喊完了完整的报告词后等待他们的问话。

　　"你叫品杰？分到五大三多久了？"一个年纪轻一点的警官问道。

　　"报告警官，我叫品杰，分到这里已有四个多月了。"我答道。

　　"听说你推窗砸伤人后，对分监区对你做出的处理决定不服，还向上级有关部门写信举报，有这事吗？"那个年纪大一些的警官接着问道。

　　"是有这事。我认为自己没有过错，对分监区对我做出扣分10分、戴脚镣时间10天及进新犯组强化学习一个月的处理不服。我多次向分监区领导反映，要求他们对我做出的不公处罚重新召开会议复议，但他们不同意。无奈之下，我只好写信向上级有关部门反映。"我如实答道。

　　"那你把详细情况跟我们说说，但要实事求是，不能胡编乱说，我们是记笔录的，你要对自己所说的内容负责。"那个年轻警官提示道。

　　"这个请你们放心，我不会说谎的，请你们相信我。"接着我把整个情况及我本人的诉求复述了一遍。我尽量用平和的语气，实事求是，以避免夹杂过于明显的个人情绪。

　　他们边听边记好笔录后，那个年纪稍大一些的警官对我说："你刚才所反映的情况及所提的要求我们都记下了，我们还要找其他相关人员调查核实，你先回去吧。"

　　"是。"我随声应答后离开了大厅。

　　回到原岗位后，我心里一直在琢磨着，这两位警官到底是什么级别的领导？他们找我谈话的目的又是什么？是帮我说话还是来找我麻烦？我捉摸不透，心也一直悬着。

过了一会儿，风组长过来告诉我道："刚才找你谈话的两名警官又找我谈了话。他们两人都是监狱里来的部门领导，一个是生产安全科的泮科长，另一个是刑罚执行科的罗副科长。听他们的语气和问话的内容，我感觉是对你有利的，你就放宽心吧。"

听了风组长的话，我认为他的分析与自己的感觉基本相似，悬着的心渐渐地平静下来了。后来，老王又过来告诉我："监狱里来的两个警察还去找劳动大组长、劳动一组组长、机修工及受伤同犯张冬等谈过话，也都做了笔录。最后还找过指导员及生产副等，了解了情况。据我分析，这事对你有利。"

监狱两个部门的领导突然来到我们分监区调查了解此事，我认为这里面肯定有文章。或许是投信钩信之事惊动到监区、监狱领导，他们才派人下来调查的；或许是昭君在暗中活动，帮我找了关系或写信向上反映……

但我坚信，这次上级领导到分监区调查，就我本人来说，吉多凶少，肯定是利大于弊的。

第二天下午收工前，指导员突然派人把我叫过去，他很和气地对我说："品杰，告诉你一个好消息，这次监狱派两个科的科长来分监区调查后，他们认为分监区对你做出的两次处理都过重了。我们根据他们的意见，对你的处理决定进行了复议，最后决定撤销第一次对你做出的扣分10分、戴镣10天，进新犯组强化学习一个月的处理决定，并重新对你做出训诫一次处理，同时还撤销第二次对你做出的延长戴镣时间5天处罚的决定。脚镣我现在立马给你下掉，新犯组强化学习今晚开始停止，搬回学习一组。希望你能正确对待和理解此事，放下思想包袱，安下心来，轻装上阵，一门心思做好各项改造工作。"

"指导员，那我以前无故被执行的惩罚，所遭受的苦痛怎么处理？"少顷，我有些犹豫地问指导员道。

"品杰，你要知道这里是监狱，你又是犯人，你千万不要得理不饶人，要学会见好就收。你本来就是一个失去基本自由的罪犯，分监区就是给你戴几天脚镣，强化教育几天，也没什么了不起，不要再计较这些了。"指导员皱着眉头，有些不耐烦地说道。随后，他掏出钥匙，把我脚上的脚镣取了下来。

听了指导员的一番相劝，我觉得他讲得有道理，而且都是实话；再加上指导员一直在迁就我，还顶着各种压力为我主持公道，我没有理由与他争辩是非、讨价还价。当他给我下了脚镣后，我就毕恭毕敬地向他行了个大礼，并发自内心地说："谢谢指导员。"

回到劳动岗位后，我顿感心情和脚下都无比轻松。想想监狱这两个部门的领导办事效率这么高，昨天刚来调查，今天下午就有结果，而且这个结果又是如此公道公正，使我喜出望外，改造信心倍增。

可这次萩似桧却倒大霉了，他本来想借机报复我，置我于死地而后快，没想到偷鸡不成蚀了把米，搬起石头砸了自己的脚。分监区在撤销对我处罚的同时，还给萩似桧因私自钩夹上级三个部门信箱里的信件而被扣了 5 分，使得他威风扫地，有苦难言。

自从我与萩似桧一伙的较量获胜后，我在分监区内的地位、人气和影响力明显提高了。大家普遍认为，我不仅本人有水平、有能力和魄力，而且上头的关系也很铁很牛。我能够把已经生效并执行了的分监区对我所做出的处理决定撤销，而且还能够把现任的劳动大组长荻似桧打败，使他受到扣分5分处理，这是多么不容易和不可思议呀！于是，分监区犯人世界的现状也由此发生了根本性的逆转，大家都十分看好我，并纷纷向我靠拢。多年来由荻似桧掌控的五大三犯人世界的格局已明显改变，荻似桧的威望也一落千丈。

虽然如此，但荻似桧又不甘心就这样败给我，被全中队的同犯们看笑话。他曾多次去找指导员、中队长及生产副等分监区领导理论，要求对他的处理决定重新复议，撤销对他的扣分处理。因扣分对他造成的影响太大了，不仅面子上过不去，而且还会影响到年终的双评及今后的假释。但分监区领导的答复都是一个样："这是上级领导提出的处理意见，分监区无法改变这个处理决定。"

荻似桧无奈，只好把满腹的愤怒和怨恨往我身上发泄，好像一定要狠狠地报复我，让我惨得比他难看十倍、百倍。

周六上午，我也和往常一样，在自己的岗位上编着号。突然，一阵浓烈而醉人的体香从身后袭来，我转身抬头一看，原来是美女王昭君。只见她打扮得特别花枝招展，身上穿着一件粉红色的低领修身连衣裙，再加上精心装扮的面容、瀑布般的秀发、凹凸有致的身材，显得高贵和娇艳。

"你好！"她边说边走到我对面的那张凳子上坐下。

"王美女，你今天打扮得太迷人了，差点把我迷倒了。"我开着玩笑道。

"这几天心情肯定不错，连玩笑都开起来了。"昭君道。

"是的，自从给我撤销了处罚后，确实使我的身心轻松了不少。但我至今还不明白此事的原委，监狱里那两个部门的领导为何突然下到分监区调查此事？到底是谁在背后出手相助？对我来说，这一直是个谜，我也盼望着你过来向你问个究竟，是否你在暗中帮我？"

"我昨天家里有点事没来车间，今天上午一到车间就被萩似桧叫去开会了，详细情况我等下告诉你。下面先谈谈你的处罚怎样被撤销之事吧。当我得知你被分监区给予扣分和戴镣处理后，估计你的心情肯定是很不好的，而且是极其难受和痛苦的。同时，你又很无奈，当面向分监区领导反映却无效，写信件向上级反映，不仅信寄不出去，而且还受到了处罚。于是，我就以你家属的名义，向监狱里相关部门的领导写了两封举报信，写得非常具体和详细，足足有3000多字。我写好后把它寄到监狱里的生产安全科和刑罚执行科两个部门，并强烈要求他们速派人来分监区调查核实，搞清事实真相，还当事人一个公道。想不到信件寄出的第三天就有结果了，这两个部门领导的办事效率可算得上是一流的。"昭君如实告知我道。

"我估计十有八九是你在暗中帮我，果然不出我所料，昭君妹子，你真是我的大恩人啊！"我激动地说。

"你说这话就见外了，这是我应该做的事，况且你本来就是无辜的、被人陷害的。伸张正义、打抱不平的事，我很喜欢做，再加上你是我姐的朋友。以后你若再遇到什么麻烦和委屈，我还是愿意帮你的。"昭君认真地说道。

"你真是我在落难之际遇到的贵人啊！我会永远记住你和感恩你的。那我再向你了解一下，萩似桧那边情况怎么样了？他们这帮人又有什么异常活动吗？"我突然转了话题问她。

"你问的这个问题，就是上午我过来想告诉你的问题。目前萩似桧心情很差，自从指导员宣布给他扣分处理后，他觉得自己很冤，根本无法接受。这两天他一直在找分监区领导反映情况，要求他们对他做出的处理决定重新开会复议，取消对他的扣分处理，但都无济于事，他很沮丧和失望，无奈之下，只好把满肚子的气和愤怒往你身上发泄。今天上午8时多，他把卫生组组长卑貉、车间总检勿善子等人叫到仓库间收发室开小会，还叫我也去参加会议。我开始认为是生产会议，就爽快地答应参加了。后来才知道他们是挂羊头卖狗肉，表面上说开生产会议，实际上是开报复你的会议。"

"他们在搞什么名堂？都商量了些什么？"

"他们商量的内容是研究制订如何对你及你手下的几个人实施报复的具体方案。萩似桧认为他的扣分是你一手造成的，他要你及你的几个好兄弟天天没有好日子过。他报复你们的具体方案涉及两个方面，首先叫卫生组组长卑貉在监房内务卫生方面对你们下手。每天早上警官进小组清间时，卑貉就跟随警官进间查内务卫生，重点对象是你们这帮人。重点是查床上叠的被子、床单及衣柜里的衣物叠放及存放的数量、名称是否与清单相符，还有日常生活用品等是否定置摆放、整齐规范等。只要查出一丁点问题，他们就会小题大做，报分监区领导，搞得你们天天被查出问题受处理。其次是叫总检和我，包括他自己本人，还有各组的劳动组长、检验员等，要紧盯住你的编号不放，只要你在进度上跟不上，把下道工序稍卡了一下，或编号质量上出了一丁点问题，他们就小题大做、夸大事实，立马向分监区领导反映，当然，对你手下几个要好的兄弟也同样如此。同时，他们还在车间劳动纪律方面也把你们盯牢盯死，如果你们在车间任意流动，他们就会给你们扣上脱离三连环、擅离劳动岗位等帽子。总之一句话，他们的目的就是把你及手下几个要好的人紧盯不放，盯得你们提心吊胆、寝食难安，每天在恐慌中度日。"

"萩似桧这小子真是贼心难改啊！在外面是'小人''人渣'，进到里面后又是'垃圾''囚渣'。他想要与我作对到底，我也愿意奉陪到底，哪怕是两败俱伤，我也在所不惜。"我有些激动地道。

"那你们平时要小心谨慎，多提防着他们，千万不要出差错，使他们无机可乘，无空可钻，徒劳一场。"昭君提醒我道。

"我们会小心的，谢谢你的告知和提醒。"

"那好吧，我也该走了，在你这里时间长了，会引起萩似桧怀疑的。"昭君说着便走到隔壁岗位检查去了。

晚上学习结束后，我叫天霸去二组把老王叫过来，我们四人坐在我的床沿，碰头通气。我把萩似桧等人欲联合起来向我们发起疯狂报复的情况转告了他们，并叫他们三人在近段时间内务必小心谨慎，无论在生产上、学习上及内务卫生上都千万不能出差错。

"你别担心。这次萩似桧被扣分后，全中队的人都说你厉害，能把分监区劳动大组长萩似桧打败，真是了不起。他们还说你上头肯定有大'靠山'，跟着你不吃亏，现在他们都开始向我们靠拢了，以后我们的人会越来越多的。萩似桧这小子撑不了几天了，让他见鬼去吧！"天霸得意扬扬地道。

"我们只是取得了一点小胜，切不可盲目乐观。目前萩似桧虽被扣了5分，但他仍在劳动大组长岗位上，他手下的那一大帮人也都不是等闲之辈，大多是生产骨干及部分学习组组长，中队里绝大多数犯人还是在他们的掌控之下。而我们目前的处境仍然不容乐观，虽然这次击败了萩似桧，给了他一个下马威，但我们的阵营仍然是势单力薄。我认为目前光靠我们现有的力量想斗败他们，把握和可能性都不大，我们千万不能高估自己！"聪德认真地向大家分析道。

"那你说该怎么办？我们怕他们啦，不敢与他们斗啦？"天霸有些不高兴地说。

"不斗和服输都是不可能的，但要讲究斗的时机和策略。《孙子兵法》有云：'善用兵者，避其锐气，击其惰归，此治气者也。'我认为我们现在要做的事情，即壮己弱他、伺机待发。壮己弱他就是要巩固自己现有的力量，争取中间的力量，削弱对方的力量；伺机待发是指我们的力量强大后，等到对方的力量削弱时，再选择合适的时机，以迅雷不及掩耳之势，一举击败对方。"聪德谈出了自己的想法。

"刚才聪德分析得很有哲理，我们不可低估对方、高估自己、盲目乐观、得意忘形。我认为我们接下来要做的事情有三个方面：一是要做好自己的本分工作。比如生产上任务要完成，质量要保证，劳动纪律要遵守。监房里学习要认真，内务要整洁，卫生要达标。保证做到不出任何差错，让他们无孔可钻、无懈可击。二是要敦促线人强化监督。要深入了解对方的想法，监视他们的言行举止，重点要盯紧盯牢萩似桧床底下的三只储物箱，要准确无误地掌握箱内有无违禁品，有哪些违禁品，千万不能用大概、估计、可能等词语来判断对方。若断定有，就一定要有真凭实据，只有抓住抓牢他的违规违纪把柄，不愁打不垮萩似桧及其团伙。三是要因势利导，广交朋友，不断壮大自己的队伍和力量。这方面老王有基础和特长，请你多辛苦点。刚才聪德分析得很对，我们接下来就按此方案抓紧落实。"我向大家点点头后又接着说，"根据我分析，未来几天，他们会狗急跳墙，向我们发起疯狂进攻。他们的目的就是每时每刻盯着我们不放，无孔不入地抓我们的小辫子，使我们每天没有好日子过。当然，他们也不会赤裸裸地光搞我们几个人，为了掩人耳目、蒙骗警官，他们在搞我们的同时，也肯定拿一部分同犯为我们'陪葬'。但我们一定要控制住情绪，让他们胡搞几天，如果无故被他们打压、处罚后心里实在难受的话，也只能口头上发发牢骚。千万不要跳出来与他们面对面地干，尤其是天霸，一定要控制住情绪。我们的目的是让他们多胡搞一些时间，多作一些冤孽，多得罪一些同犯，多失去一些'民心'，使他们逐步走向孤立。这是'欲擒故纵'的一种策略，让他们'死亡'前再猖狂几天吧，这对壮大我们的力量是很有利的。"

第二天中午收工回监房时，各学习组都有组员在那里叽里呱啦地叫喊着，有的说被子被掀了，有的说衣柜被翻了……

我们小组也有三人被查了，我和天霸的被子被掀了，还有一名组员的衣柜也被翻了。二组老王跑过来告诉我，说他床架未擦干净也被查了，当然其他小组也都或多或少地查出了一些问题。这些都是犯人们离间出工后，警官进组清间时，卫生组组长卑貌跟随警官进组查卫生时查出来的。因根据分监区规定，每个小组的组员，都安排有卫生包干项目。比如有擦桌子的，有拖地的，有擦床架的，有擦大理石阳台的，有整理阳台上的牙杯、牙刷及毛巾的。总之，全组16个人，每人都起码要分到一项卫生包干项目。同时，分监区还要求每个组员每天早上出工前，除了叠好被子，整理好衣柜等外，还要完成好小组长安排给他们的公共卫生包干任务。如果警官及卫生组组长清间时发现哪个组员哪个项目未达标，那就要被处罚，轻者批评一次，重者训诫一次，若一周内查出三次及以上，还要扣分处理。这种清间及卫生检查活动，以前一直都在搞，但很少查出有问题的。像今天这样查出这么多问题来，可以说是前所未有。

可我心知肚明，这完全是萩似桧、卑貉等人搞的鬼。他们的目标是我们几个人，其他同犯是做陪衬的。我觉得早上被子叠得中规中矩的，比我叠得差的人多的是，可偏偏掀了我和天霸的，这不是明显的报复行为吗？但我又转念一想，觉得这是意料中的事，反正我心里已有所准备，就让他们胡闹几天吧！他们欠下的账，迟早要清算的。

可天霸却忍不住气了，他进门看到自己的被子被掀后，就火冒三丈，认为自己早上叠被子特别小心，而且整了又整，直线棱角都是相当分明的，却被他们掀了，真是无事找事，这是明显的报复行为。他立马跑到门口，破口大骂卑貉是畜生，是乌龟王八蛋，他骂了一阵后还不解气，打开门想出去找卑貉理论。

我和聪德忙拦他，并把他拉到阳台里同他说："昨天晚上我不是跟你说过了，要忍住气，不要与他们对抗，让他们多胡作非为几天，这笔账不仅要记住，而且要清算，但不是现在。你再忍耐几天吧，等时机成熟时，我会让你大显身手、好好表现的。"

清间时卫生组组长跟警官进去检查卫生，这本来是很正常的事，没什么奇怪的。但一下子查出这么多违规的人和项目，再加上天霸又这么一闹后，就变得极不正常了。

第二天上午，天霸在车间与隔壁岗位同犯聊天，被萩似桧发现，受到批评一次的处理。下午，我编号字迹不工整，被劳动一组组长举报，受到训诫一次处理。

第三天上午，监区分管生活卫生的副监区长带队，组织各分监区的卫生组组长到各分监区例行检查。按常规套路，每个分监区都要抽查两个学习组，我们分监区被抽中的是第一组和第四组。第一组被查出问题的有两人，一个是组长聪德，说他衣柜里放的衣物数量和他柜门上贴的清单数量不符，被训诫一次处理；另一个是我，说我床单未抹平，且留有屁股印，被批评一次处理。四组也查出多人违规，大多是与我关系比较好的人。

第四天、第五天……每天都有一批人，要么监房内务卫生方面被查，要么车间生产劳动方面被查，既有我及手下的人，也有一些没有向萩似桧团伙靠拢的人。搞得分监区满城风雨、人心惶惶的，严重地影响到分监区改造的安全与稳定。

四

面对分监区近期出现的这种混乱现象，改积会主任沉翔很担忧。他对萩似桧和卑貉的所作所为很反感，曾专门找指导员及管教反映过此事，要求分监区领导重视，并采取有效措施加以管控和制止。同时他还以改积会主任的身份，直接找萩似桧、卑貉谈话，规劝他们处事有度、适可而止。还提醒他们若再一意孤行，那必然物极必反，最后自寻烦恼，难以收场。

但他们俩尤其是萩似桧因报复心切，不仅没有半点收敛，反而变本加厉。

我们这几人这几天虽然遭受到萩似桧、卑貉等人的疯狂报复，同时也受到了小题大做、无中生有的违规及处罚，但具体分析，目前分监区由萩似桧和卑貉所制造出来的乱象丛生、乌烟瘴气的局面，对我们是有利的。理由至少有两个方面：第一，萩似桧等人的做法不得人心。他们搞的时间越长，受到打击和伤害的人就会越多，离他们远去，甚至靠向我们的人也会越多。第二，我可以坐收渔利，不断壮大自己的队伍和力量，为日后反击奠定了扎实基础。

果然，萩似桧这帮人胡闹了近一周后，不仅中队里的大部分犯人反感了，甚至连中队里的领导和警官们也都反感了。指导员还专门找萩似桧和卑貉谈了话，严肃地批评了他们，叫他们立即停止胡乱做法，恢复分监区的正常改造秩序。

我觉得此时火候已到，是该出手反击了。我首先游说中队改积会主任沉翔。因为据我所知，沉翔是指导员最亲近的犯人，他在指导员面前说的话、提的建议，指导员大多能听得进去。同时，他手下除了部分骨干犯及学习组组长外，还有一大批跟随者，其团队力量不可小觑。再加上他和萩似桧、卑貉等人存在矛盾，平时虽有交流，却面和心不和，他看不惯他们俩的所作所为，曾多次在公开场合发表过反对他们的言论。我认为能争取到沉翔团队的支持和帮助，能使自己的团队如虎添翼，击败萩似桧团伙胜算倍增，指日可待。

于是，我选择了周日下午，专程去找沉翔商谈此事。我们聊了一些当前改造的情况，沉翔半认真半开玩笑地问我道："品杰老弟，你到五大三改造已有一段时间了，请你谈谈最深刻的体会和感想，我看看是否与我当初的感受相同。"

我愣了一下后道："使我体会比较深的至少有三个想不到和三个弄明白。"

"那具体内容你谈谈看。"沉翔追问道。

"第一是想不到监狱里的改造环境如此优美，无论是监房上下还是大墙内外，到处都是卫生整洁、空气清新、花红草绿、风景如画。比外面的一般单位都要好得多，与我进来前的想象大相径庭。"我回答道。

"那第二、第三呢？"沉翔又问道。

"第二是想不到监狱里的警察执法如此文明。我以前总认为监狱是另类世界，是坏人、恶人、奸人成堆的地方，警察们不会将他们当人看，管理方法也肯定是简单粗暴，不是训就是骂，甚至还会体罚他们。但现实情况是，管理依规依法，执法公平公正，氛围民主文明，真是超出我的想象。第三是想不到监狱里的犯人还被分为三六九等。比如最上等的是职务犯、经济犯、技术犯等，他们不仅被警官看好，大多安排在管理岗位上，而且还被大多数犯人所拥护和尊重，是香饽饽的一族。又比如最下等的是那些强奸犯、盗窃犯、诈骗犯、拐卖妇女儿童犯等，他们是最不受待见、最被警官和同犯看不起的犯人，是臭烘烘的一族。当然，他们在里面的日子也是最不好过的。"我回答道。

"这是三个想不到，那三个弄明白又是些什么呢？"

"一是明白称监狱为劳改队是不准确的，那是过去的牢房，现在的监狱对犯人的改造是全方位的，它至少包括以下六个方面：一是思想改造、二是教育改造、三是劳动改造、四是文化改造、五是行为改造、六是形象改造。犯人们只有把这六个方面都改造好了，才能成为一个洗心革面、脱胎换骨的新人。二是明白关押在里面的人，他们虽然犯了罪成了阶下囚，但他们也都有自己的三观，也能分得清好坏与善恶、礼义与廉耻，其处世之道与外面社会的自由人相差无几。三是明白只要有人的地方就有帮派体系、恩怨情仇。哪怕是独立于外面社会的高墙内，犯人群体中同样有团伙、有争斗、有朋友、有仇人，有为真理、情义而拔刀相助之人，也有为权力、金钱而背信弃义之人。"我认真地回答道。

"品杰，你的三个想不到和三个弄明白的感悟与我初进监狱时的感受差不多，真是同犯所见略同。下面我再给你补充一个弄明白，即明白在现实社会中，善人和好人不仅得不到好报，而且老是吃亏受欺侮。外面如此，里面差不多，真是天理不容，情理、法理更难容。什么'善有善报，恶有恶报''人有善念，天必佑之，人有恶念，天必诛之''皇天不负苦心人'等说法统统是扯淡。它不知误导了天底下多少善人和好人，使他们为善付出了多少心血和代价，最终却成为善的牺牲品和吃亏的专业户。我觉得，当下时代，善人好人的名声不仅一文不值，而且还被那些奸刁邪恶之人耻笑为笨蛋和大傻瓜。品杰老弟，你认为我的说法和观点正确吗？你有不同的见解吗？"沉翔问道。

　　我略思考了一会儿，答道："你的观点我基本赞同，但我也有一些不同的看法与你商讨。我认为做善人善事没有什么错，应鼓励和推广。但行善要行真善，切莫行愚善和伪善。那什么是真善、愚善和伪善呢？我谈一下个人的看法和理解吧！真善，是正能量的善举，是行善的根本。行真善者均具有自己的主见和判断力，能分得清是非曲直，懂得哪些人该帮助救济、哪些人不该帮助救济，以保证自己的行善目标正确而不盲目，能真正行在点子上。愚善，又称傻善，是无原则无底线地盲目行善。行此善的人往往像《西游记》里的唐僧一样，是非不分、人妖不辨，见人见鬼都是阿弥陀佛，善哉善哉。其结果是付出巨大，善果甚微，有时甚至适得其反，事与愿违。伪善，是刻意伪装的善举。它是由虚伪的动机、虚伪的言辞、虚伪的行为组合而成。它表面看上去是在帮人济人、积德行善，而实际上是在变相地为自己博取名望、牟取私利。上述三种善举中，唯独真善是正能量的、是爱心满满的、是有利于他人和社会的，所以我们应大力提倡和推行。至于你提出的好人得不到好报、恶人得不到恶报这个因果报应问题，从目前社会表象来看，是确实存在的。但从内在深层上去分析的话，却并非如此。我认为行善的目的是同情人、帮助人及救济人，而不是图回报、图口碑、图利益。此外，在行善过程中，不仅使受善者得到了帮助、救济和温暖，而且也使行善者的心灵得到了滋养和快感，自信心、幸福感和成就感倍增，其收效可以说是一举多得的。老沉，你认为我的分析有道理吗？"

　　"你的分析在理，使我很受启发。"沉翔点头道。

　　我们接下来又谈了些有关本分监区的改造现状，以及近期出现改造风气不正等问题。

当沉翔暴露出对萩似桧和卑貉近期的所作所为十分反感时，我觉得实现目标的时机已成熟，就借题发挥毫不保留地告诉沉翔道："萩似桧、卑貉等人横行霸道、为所欲为，疯狂打压我们，想置我们于死地而后快，我们已到了忍无可忍的地步了。我来找你的目的，是想听听你的意见，并希望得到你的支持，因你是我心目中最可信任、最为敬佩的人。你处事公道、是非分明，在五大三犯人中可算得上是德高望重之人。有你出手相助，反击这帮害群之马就会事半功倍、胜券在握。恢复本分监区风清气净、人和境优的改造环境就会指日可待。不知你意下如何？"

沉翔本就十分看好我，再加上后来发生的事，他断定最终的胜利者肯定是我。萩似桧、卑貉等必败无疑，这也是他自己所期待的结果。于是，他就当即向我表态道："既然你心意已决，只要你有理有据、依规依法地向他们发起反击，为了维护分监区犯人世界的公平公正，以及分监区改造的安全稳定，我全力支持你。"

"那请你放心，我品杰采取反击的理由和措施，肯定是依规依法、光明正大的，绝不会像他们这样违规违法、公报私仇、胡作非为的。"我有些激动地道。

自我得到沉翔的支持承诺后，还击决心和底气倍增了。我认为目前的形势对自己的反击行动很有利，便决定按自己的既定计划迅速行动起来。

当天晚上，吃过晚饭后，我把聪德叫到自己的床前，告知了访问沉翔的结果，然后与他粗略地商定了行动方案。洗澡结束后，因周日晚上不学习，组员们都在监房里自由活动，老王也过来了，我们四人又集中在阳台中间，边玩军旗边暗中商量反击之事。我告诉他们："沉翔那边工作做成功了，他明确表态支持我们搞反击，目前整个局势对我们很有利，我们已到了该出手的时候了。接下来我们要抓紧时间做好两项反击前的准备工作，一是要进一步核实清楚萩似桧床底下的三只储物箱里到底藏着哪些违禁品，这项工作我们不能直接出面做，只能依靠你们安排在五组的线人来完成。从明天开始，大家都要同各自安排的线人沟通联系，叮嘱他们加大盯梢力度，务必在一周内搞到萩似桧私藏违禁品的真凭实据，以备反击时所用。但必须秘密行动，切勿暴露卧底身份；否则，会给我们造成很被动的局面，甚至是前功尽弃。二是要核准萩似桧利用劳动大组长的职权，以选生产骨干和劳动岗位安排为诱饵，或抓住同犯违规把柄相威胁，迫使他们送钱送物的人员和数量。比如有多少人通过家属向萩似桧的卡号上打过钱款的，再比如有多少人直接或间接向萩似桧送过各类食品及物品的。但一定要调查核实准确，并做好他们的思想工作，向他们讲清讲透分监区的改造形势和现状，以及人心向背等真实情况。"最后我又强调了眼下做好这两件事的重要性和迫切性，要求大家分头行动、秘密联系，切不可粗心大意、鲁莽行事、走漏风声、打草惊蛇，以确保本次反击行动万无一失，一举成功。

听了我提出的反击行动方案及具体安排后，大家均认为可行，就各自立即分头行动起来了。时间在一天一天地过去，我们除了做好面上的日常改造工作，暗地里却按既定的方案和目标在悄悄地行动着。

到了周五晚上，我又召集聪德等三人在小组阳台会合，我们还是边玩军旗边交流汇总各自了解到的具体情况。最后通过汇总后所得出的结果是：一是萩似桧储物箱里藏有违禁品情况属实。根据多个线人提供的信息，萩似桧储物箱里不仅藏有西洋参、高丽参、六味地黄丸等一般违禁品，而且还藏有香烟及自制葡萄酒等严重违禁品，这是千真万确的事实，绝对不会有误。二是萩似桧以权谋私的情况属实。根据详细调查核实后，全中队犯人中向他送过钱物的有四五十人。其中叫他们家属向萩似桧账号上打款的有 6 人，最多的上万元，最少的 500 元，总金额有 2 万多元，而且这六人都愿意签名做证。其余三四十人都向他送过食品、饮品、物品等之类的东西，具体物品名称、数量因太多而无法统计。

通过大家的交流、反馈及汇总后，我认为向萩似桧反击的时机和条件已经成熟。我向大家明确表示，反击行动的时间定在下周一点评会结束前进行，具体反击方案及准确时间待我同沉翔碰头后敲定。

时间转眼到了周一下午，分监区照常在二楼大厅召开点评会，到会的分监区领导逐一做了点评讲话后，轮到主持人指导员做总结讲话时，只见中队的改积会沉主任走到主席台前面的通道上，向指导员喊起了报告词，他的突然举动一下子吸引了台上台下所有人员的目光。沉翔喊了报告词后向指导员报告道："报告指导员，在下午点评会刚开始时，我突然收到同犯提交给我的两封举报信，并叫我务必在会议现场提交给会议主持人，还要求你当场派人去五组查处信中提到之事。"

"哪有这么急的举报信，是举报谁的？都写了些什么内容？"指导员下意识地问道。其实，沉翔事先已向他汇报过此事，他当时犹豫了一下后点头默认了此举。他为何会默认呢？因为萩似桧越来越不像话了，他仗着上头有人罩着他，就自以为是、目空一切、跳得太高、做得太过。指导员想借机打压他一下，灭灭他的威风。

"报告指导员，这两封信都是没有装进信封的公开信，其内容都是举报劳动大组长萩似桧的。一封是举报他利用劳动大组长这个职权，违规收取同犯送给他的食品、物品及钱款等，合计有40多人次。他们有的是直接送的，有的是间接送到他手里的。其中，向他送过钱的有六人，是叫家里人直接打到他的银行卡里的，共计数额有2万多元。另一封举报了萩似桧床底下的三只储物箱里还藏有西洋参、高丽参、钙片等高档补品，以及香烟、自酿葡萄酒等严重违禁品。为了防止萩似桧私下转移违禁品，举报人强烈要求分监区领导，立即派人到学习五组现场查验萩似桧床底下的三只储物箱。若查后没有发现以上违禁品，举报人愿意接受分监区的任何处罚，包括扣分及送严管处理，均心甘情愿，没有半点怨言。"沉翔向指导员解释道。

"怎么会出现这种情况，这是非同小可的大事件啊！沉翔，你把这两封举报信给我，让我仔细看看。"指导员向沉翔喊道。

"是。"沉翔边应答边把两封举报信转给了指导员。

这突如其来的现场举报行动，把台上的领导及台下的大部分服刑人员都搞蒙了，大家无不为这两封举报信的内容感到突然和震惊。

"简直是无中生有、胡说八道！指导员，你别信他们的鬼话，别信这举报信的内容，他们是有策划、有阴谋地对我诬告陷害！"

萩似桧惊慌失措、气急败坏地对指导员道。

"萩似桧，证据都掌握在我们手里，你还想抵赖，早点下台去严管队吧！"赵天霸顶着萩似桧的话道。

"天霸，不要胡闹。这里是会场，你再起哄，我先处理你。"指导员严肃批评了赵天霸。

这时，会场里有点乱哄哄起来了，还时不时地有声音传出："快去查看萩似桧的储物箱呀！西瓜红白劈开一望就清楚了""萩似桧平时搞人家这么厉害，想不到你也有今天""萩似桧你想赖也赖不了了，证据在我们手里，你完蛋了……"

"不要起哄，大家安静下来……"指导员向大家喊道。

"报告指导员，"我站起来向指导员报告道，"我想说点意见可以吗？"

"可以，你说吧！"指导员答道。

"我认为要搞清楚这举报信的内容是真是假，萩似桧储物箱里到底有没有上述违禁品，最直接、最有效的办法是，由分监区领导带队，组织有关人员，到五组查验萩似桧的三只储物箱。如果查后确实发现上述违禁品，这说明举报信内容属实，萩似桧也没必要再强辩和抵赖了。如果查后没有发现上述违禁品，这说明举报内容不实，举报人是蓄意诬告陷害萩似桧的，分监区应对举报人严惩不贷，还萩似桧一个清白和公道。"

"对对对，品杰提的建议很好，请指导员赶快组织人员查证吧！"台下大多数服刑人员都异口同声地喊道。

"不要再闹再喊了，马上给我安静下来。下面我就这两封举报信表个态吧！对于举报坏人坏事及违规违纪行为，分监区是提倡和鼓励的，但要注意举报的方式方法。你们可以当面向分监区领导或警官口头举报，也可以写检举信举报，但不提倡在开点评会期间向主持人举报，更不允许任何人借机在会场里起哄胡闹。对于今天下午提交给我的两封举报信内容若查后属实，我们会毫不留情地对萩似桧做出严肃处理，绝不姑息。若查无此事或小题大做，有意夸大事实，我们同样要视情对举报人及幕后策划指使人做出严肃处理。曹灵山，你现在就带几个民警及改积会主任、卫生组组长去五组查验萩似桧的三只储物箱吧，最后以查验结果为凭证，让事实说理、讲话。"指导员清了清嗓子，接着又说道，"大家安静下来，人坐端正，点评会继续。下面我向大家提三点要求和希望……"

大约过了20分钟，曹管教等检查结束回来了，检查结果令人出乎意料。萩似桧的储物箱里，除了上述举报信提到的西洋参、高丽参、六味地黄丸、钙片、香烟及自酿葡萄酒，还藏有剃须刀两把、充电式理发剪一把、大小剪刀各一把、透明胶带两卷、止痛膏三盒。

这个检查结果不仅使全场的服刑人员都吓了一跳，而且连坐在台上的领导都无不感到震惊。因这些东西不是一般违禁品，而是极其严重，甚至违法的违禁品。

在铁证面前，萩似桧没有任何理由再抵赖和狡辩了，他知道自己这次已闯下大祸了。只见他双眉紧锁、脸色灰紫、战战兢兢地坐在大厅中间前排的位置上。

点评会结束后，分监区领导分头找萩似桧及其他向萩似桧打过钱的六名服刑人员谈话及做笔录。

　　吃过晚饭后，大家都在忙着洗漱和做杂务。而萩似桧却被分监区领导用手铐铐在大厅南面窗户中的铁栅栏上，等待他的将是送严管及以上的重磅处理。如果收受钱款的情况属实，他还有可能涉及犯罪而被加刑。一个曾经在五大三犯人世界里叱咤风云、不可一世的枭雄式犯人头目，就这样作茧自缚、自取灭亡了。

　　萩似桧被送严管后，五大三犯人世界将面临易主换将及现状、格局的转变。萩似桧的团伙成员因老大被抓，导致群龙无首而乱作一团。除少数铁杆骨干分子贼心不死，渴望有朝一日萩似桧能东山再起，大部分团伙成员，尤其是那些跟班的小喽啰，认为萩似桧大势已去，难有翻身之日。他们有的远离团伙残余势力，退出圈子，保持中立；有的则反戈一击、另寻保护。总之一句话，目前五大三的犯人们人心惶惶、动荡不安。

　　对于五大三的一把手沉斌指导员来说，萩似桧团伙的粉碎和瓦解，他没有丝毫不舍和惋惜，反而有些庆幸和快感。因萩似桧在他的心目中是很不被看好的，他仗着中队里有方丙权为其撑腰，上头又有人罩着，就目空一切、肆无忌惮、拉帮结派、胡作非为。他不仅不把大班犯当人看，而且连一些年轻小警官讲的话有时也不买账，他差不多已成为牢头狱霸式的人物了。指导员心里明白，如果继续照此下去，不仅萩似桧个人会出大事，而且连整个分监区都潜藏着出大事、丑事的危险。

　　虽然指导员看不惯萩似桧的所作所为，甚至非常讨厌萩似桧，但又碍于方丙权及上层个别领导的面子，不得不重用他。他觉得这次是天赐良机，以劳改犯的举报信为突破口，借点评会这个时机，一举击垮萩似桧及其团伙。

同时，指导员还决定借此机会和东风，在全分监区上下全面
开展一次正风肃纪、清除萩似桧余毒活动，以尽快恢复五大三的
正常改造秩序和风清气净的改造环境。

在周一下午的点评会上，指导员做动员讲话。他说："为了全
面彻底地肃清萩似桧之流的余毒，查清他们团伙成员的各种违规
违纪的事实真相，给监区、监狱领导一个交代，经分监区班子成
员会议研究决定，从今天会议后开始，利用一周时间，全面开展
一次正风肃纪、清除萩似桧余毒活动。接下来要开展调查核实以
下三类人员：一是要调查核实萩似桧团伙中的重点骨干成员及其
所干的坏事丑事；二是要调查核实给萩似桧送过钱物的人员，并
要做好登记造册工作；三是要调查核实出于生产和生活上的原因，
被萩似桧及其团伙成员威胁、恐吓及敲诈过的人员。"指导员话
音刚落，会场中突然响起一阵雷鸣般的掌声。

会议结束后的第二天，三项调查核实工作在分监区内全面展
开。经过分监区领导近一周的调查、核实、取证，包括找相关人
员谈心谈话，找检举人核实情况及做笔录，动员知情人口头举报
或写检举信举报等，最终对萩似桧本人及其团伙人员的大量违规
违纪及违法的事实和依据，均调查得一清二楚。在此基础上，分
监区再次召开警官会议，对所有涉事人员根据其犯错的性质和情
节的轻重，均做了相应而严肃的处理。

次周周一下午，分监区又召开了点评会。分监区各领导做了
点评后，最后指导员向大家宣布了对萩似桧及其团伙成员的处理
决定。他说："经过一周的时间调查取证及核实后，已彻底地查清
了萩似桧及其团伙的严重违规违纪甚至违法的行为和事实。现经

分监区警官会议研究决定，对下列人员做如下处理：一是撤销萩似桧分监区劳动大组长职务，送一级严管及以上处理；二是撤销卑貉分监区卫生组组长职务，扣分15分，调离五大三；三是撤销勿善子分监区车间总检职务，扣分10分，进新犯组强化学习一个月；四是免去葛根的劳动一组组长职务，扣分5分，进新犯组强化学习一个月；五是免去刘彬的劳动二组组长职务，扣分5分，进新犯组强化学习一个月；六是免去桐林的车间仓管员职务，扣分5分，进新犯组强化学习一个月。"同时，分监区还对萩似桧的其他骨干成员共26人给予了训诫或批评等处理。

会议最后，指导员还向大家提出了两点希望和要求。一是要求本次受到处理的服刑人员，要充分认识到自己所犯错误的严重性和危害性，在今后的改造中要引以为戒、吸取教训、痛改前非、务实改造，绝不再犯类似错误；二是要求全体服刑人员，要以萩似桧、卑貉等为反面教材和对照镜子，牢固树立身份意识、赎罪意识和遵规守纪意识，认清形势、端正态度、摒弃幻想、踏实改造，少违规、多得分，争取早日回归社会。

点评会结束后，分监区上下气氛热烈，欢呼声一片。吃晚饭时，大家以饮料代酒，饱喝畅饮，以表祝贺。尤其是学习一组，更是欣喜若狂，全体组员均向我、聪德、天霸等轮流敬饮料或白开水，祝贺我们反击一举成功，为分监区恢复正常、公道的改造秩序，清除了障碍，立下了汗马功劳。

第四章　除弊兴利

一

夏日的黄昏，天气十分闷热，监房里静悄悄的，只有各小组门口放着的冷风机，在不停地发出嗡嗡嗡的鸣叫声。犯人们都集中在监室里，认真地学习着政治课——看中央台一套的新闻。

二楼大厅里，灯火通明。分监区领导正在这里召开小组长以上全体骨干犯会议。

小组学习将要结束前，刚开会回来的小组长图聪德，向我们传达了今天晚上分监区在二楼大厅召开的会议精神。他说："今天晚上，分监区召开了小组长以上的全体骨干犯会议，由曹管教主持，指导员主讲。指导员在会上告诉我们，这次分监区出了大乱子后，惊动了监区和监狱有关部门的领导，监区教导员还专门打电话批评了指导员，同时还把生产副方丙权给调走了，由监区干事威海涛来接任生产副。教导员还特别要求我们分监区，要强化骨干犯队伍建设，对现状全面开展一次清理整顿活动，做到该退的退、该换的换、该处理的处理，切不可心慈手软、手下留情。同时还要求我们分监区在用人机制上搞改革创新，在提拔使用上把好源头关卡。要彻底纠正和克服任人唯上、唯亲的错误做法，全面落实任人唯贤、唯能的良好举措。要真正把那些有能力、有魄力、有素质及有责任心的人选拔到协管岗位上来。此外，指导员还提出，对本分监区目前缺位的卫生组组长和劳动大组长的任用，采取公开竞聘、择优录用的方法进行竞争上岗，并叫我们小组长做好宣传、动员工作，鼓励大家踊跃报名参加。至于报名人员的条件和具体要求，明天上午会在监房及车间两个公告栏上公布。最后指导员还明确，此项工作的前期工作，包括宣传发动、调查摸底及实施方案的制订等，都由分监区曹管教负责。会议精神就传达到这里，请有条件的组员积极报名参加竞聘吧！"

图组长话音刚落，小组内掌声、笑声、议论声一片。

周二下午，分监区监房及生产车间的两个公告栏上，均贴出了分监区劳动大组长及卫生组组长公开竞聘上岗的通告。通告中明确了参与竞聘的报名时间为本周三至周五，报名人数每个职位不少于三人，报名条件：入监五个月以上及无扣分记录。同时还明确竞聘演讲稿内容，要针对自己所竞聘的岗位，写出目前存在的问题及如何解决问题的方法和对策。录用方法：竞聘者上台演讲、评委打分、当场亮分、最高分者入选。

此公告贴出后，分监区上下像炸了锅似的，大家议论纷纷、褒贬不一。有的说，这是分监区领导做给上头领导看的；有的说，这不可能是假的和骗人的，因近期分监区领导用人不当出了一连串的事情，已触及他们的灵魂深处了，这次用人搞改革创新，理所当然，不会有假；也有人说……

　　时间很快过去了三天，竞岗报名截止日期已到。根据曹管教汇总后的结果，卫生组组长报名人数刚好是三名，他们分别是汪桂腾（学习四组组长）、楼北平（学习八组组长）、品杰（学习一组组员）。我是最后一个报名的，因我开始根本没有考虑报名竞聘卫生组组长，任凭聪德、天霸、老王等多次动员，我都拒绝了。后因报名人员缺额，改积会主任沉翔曾两次找我谈话，做我思想工作，动员我去报名竞聘。第二次找我谈话时，沉主任还向我透露了分监区指导员也希望我报名竞聘卫生组组长的信息。我经过再三考虑后，才勉强去报了名。劳动大组长报名人数有四名，他们分别是王春雨（劳动二组检验员）、草天武（劳动三组组长）、风华茂（劳动四组组长）、袁平常（学习十组组长）。

　　周五下午，分监区监房及生产车间的公告栏里，都贴出了已报名参加公开竞聘的人员名单。

　　根据本次竞聘办法规定，分监区对上述已报名参加的七名人员，予以为期三天的公示，即自本周五下午至下周一上午。并明确若公示均无异议的话，下周一下午2时，分监区在二楼大厅进行公开竞聘演讲活动，同时还要求每位参竞人员务必事先准备好演讲稿。上台演讲时，不仅要讲普通话，而且还要尽量做到脱稿演讲，当然，这只是提倡，带稿演讲也是可以的。

二

　　周一下午2时整，竞聘演讲会如期举行。首先是各学习组组长带组员陆续进入会场，接下来监区及分监区领导上主席台就座，他们分别是五监区副监区长黄道义、本分监区指导员沉斌、分监区长梧文高、副分监区长威海涛、分监区管教曹灵山等。

演讲会由分监区指导员主持，他在向大家介绍台上领导的身份和姓名的同时，还宣布了台上五位领导均兼任本次竞聘活动的评委。每位竞聘人员演讲完毕后，均由这五位评委打分及举牌亮分，然后由现场记录员计分、结分，最高得分者中选。他还说，按常规，评委亮分后，要去掉最高分和最低分的，但因本次评委仅有五人，就不去掉最高分和最低分了，按实际亮分人数计分、结分。

同时，指导员还重申了本次竞聘的职位是两个，即分监区卫生组组长及劳动大组长。分两轮进行竞聘，先卫生组组长，后劳动大组长。在竞聘前，两个职位的竞聘者，先到台前抽签，然后按顺序进行演讲。

抽签结束后，指导员宣布第一轮竞聘演讲活动开始。第一位上台演讲的是楼北平，因他文化程度不高，仅读过初中一年级，故没有脱稿演讲的水平和能力。他红着脸走到台上，向主席台上的领导喊了报告词后，一转身看到大厅里坐着这么多人，紧张和胆怯的情绪油然而生。他慌忙拿出事先写好的演讲稿，用略带颤抖的声音从头至尾，一字不漏地念了一遍。因声音不高，台下的同犯们有些听不清楚他所演讲的内容，不到10分钟，他的演讲就结束了。本来中间还有评委提问等互动环节的，因他念得慌张，中间没有停顿而无法进行，当然，评委给他亮出的分数自然不会很高。他的得分情况是：最高的一位亮70分，其余有两位亮66分，一位亮65分，一位亮64分。

"下面请二号选手品杰上台演讲。"指导员向台下喊道。

"是。"我边应答边不慌不忙地走到台上，向领导喊起了报告词："报告警官，五监区三分监区罪犯品杰，奉命上台演讲，请指示。"

"那你就开始演讲吧！"指导员道。

"是。"我应答道。因我在外面是公务员，又担任过乡镇一把手，口才是可以的，所以我是脱稿演讲的。我略带微笑地开口道："尊敬的各位领导、各位同犯，大家好。"我沉着、淡定地说完客套话后就进入正题，"我认为，环境卫生是一个单位或家庭的门面，它的好差将直接关系到一个单位或一个家庭的对外形象。那我们五大三的现状怎么样呢？我认为整体环境方面是良好的，但生活卫生方面存在的问题也是比较多的。主要原因是原卫生组组长不务正业，他整天忙于拉帮结派搞小团体，而疏于对生活卫生方面的管理。自我进入五大三改造以来的所见所闻，以及近几天深入有关现场调查了解和仔细查看后，发现存在的主要问题有以下五个方面：第一个问题是服刑人员早上洗漱及上厕所难。事实证明，服刑人员每天早上去卫生间洗漱和上厕所，没有一天不排长队的，甚至有部分人排到吃早饭开始了还排不到。为什么会出现这种情况呢？我认为造成这些问题的根源是卫生间的水龙头和蹲坑位太少了。一个楼层有80人左右，而卫生间只有十来个水龙头和八个蹲坑位，而且这么多人要在半小时内完成洗漱和如厕的任务，这是根本不可能的事情。同时，这也难免会造成有些同犯因内急难憋而插队、争位、吵架，甚至肢体冲突等情况的发生。此外，还有以下两种现象让我天天看到：一是部分同犯因洗衣排队在后，直排到吃早饭开始了还没轮到，他们只好垂头丧气地提着没洗的衣服回到小组吃早饭，当时的心情可想而知。二是部分同犯因拉大号轮不到，而拼命地排在那里等，等到拉好大号回到监房时，小组吃早餐早已结束收摊了，他们只好从自己的储物箱里拿出干粮或零食充饥。如果储物箱里空空如也，那他们就只好饿着肚皮出工到车间后喝点白开水充饥了。对于早上洗漱和上厕所难的问题，服刑人员无不怨声载道、叫苦连天，要求分监区尽快解决的呼声也特别强烈。"

"品杰，你刚才讲到的这两个难题本分监区确实存在，而且你对存在问题的原因也分析得很到位。但根据分监区的现有资源及硬件设施，如果安排你当卫生组组长的话，你用什么办法？在多少时间内能将这两大难题解决好？"指导员插话问道。

"报告指导员及各位评委，我认为只有采取一扩一缩的改造措施，才能彻底解决这两大难题。什么叫一扩一缩呢？一扩就是扩大卫生间，一缩就是缩小储藏室。因受硬件设施的制约，在原有卫生间范围内是无戏可做了，场地有限，不可能再增加水龙头和蹲坑位了。但隔壁的储藏室有多余的场地及空间可利用，目前两个楼层的储藏室，都是由原来的监室改建的，每间的宽度约3.6米，长度有15米左右，房间内的面积是比较大的，但利用率却很低。服刑人员的大储物箱，都是直接放在房间两侧的小铁床上，每组占床位一张，中间没有隔道及铺隔板，空间浪费很大。我的意见是，借卫生间改造这个机会，一箭双雕，把储藏室也一并改造。具体的改造方法是：将原储藏室一分为二，前半部分仍然用作储藏室。拆去室内的床架、床板，两边及后壁用木料构成七个隔道，每个隔道再隔成三层，中间留通道走人。这样每个小组仍可分得一个隔道，多余一道留作备用，我估算了一下，每个隔道可放储物箱24只，整个储藏室可容纳储物箱160只以上。但目前各楼层的实际人数只有80人左右，还多出一半的箱位待用。储藏室的另一半改为卫生间，与原来的卫生间贯通，这样可以新增大便蹲坑位8个，新增水龙头6个。如果照此方法搞起来，就可以小投入获得大效益，把分监区历史遗留下来的洗漱和上大号难的问题彻底解决掉。同时我还建议，在原有卫生间那一长排小便槽上头，再安装一排共12个喷淋水龙头，供犯人们晚上洗澡时所用，这样一搞，那每天晚上洗澡排长队的问题也就迎刃而解了。"

"好，太好了！品杰，我为你点赞。"天霸听后情不自禁地高喊道。紧接着赞美声一片、掌声雷动。

"大家安静，注意会场纪律。品杰，你刚才讲得很好，下面接着演讲吧！"指导员道。

"好的，下面我讲第二个问题，那就是服刑人员每天打开水难的问题。按目前我们分监区的规定，在监房内，每天安排两次给服刑人员打开水，时间是每天早上早饭后出工前及晚上晚饭后上课前。打水方式是小组轮流，轮到的组，每个组员拿水杯到大厅排队打水。但目前大家反映的问题有两个方面：一是打水的次数及量不够，尤其是晚上只打一次一杯水，上课时间都不够喝，下课后到睡觉前这段时间，没水喝真是难受，这就导致偷打开水及拉关系打开水情况的发生。二是打水不均不公。那些戴牌子的骨干犯及卫生组成员，因他们有牌在身，行动不受限制，可单独随意流动，他们可随时拿杯子到大厅水桶里打水，既没有次数的限制，也没有量的限制，想打多少就打多少。尤其是在寒冷的冬天，听说他们中的有些人，还拿着脸盆去大厅打开水，他们不是打来喝的，而是打来洗脸、擦身子或泡脚的。这就形成了冰火两重天，大班犯这边口渴了没水喝，而骨干犯那边喝不了用来洗脸、擦身、泡脚，这合理吗？这当然是一种极不合理的怪现象，分监区必须改之。"

"这种情况确实存在，我们认为必须整改。品杰，下面你谈一下，如何快速而切实有效地整改。"分监区长梧文高插话道。

"好的，下面我谈一下整改的方法：我认为，要彻底改变现状，必须落实'一增、一改、一锁'措施。什么叫'一增、一改、一锁'呢？下面我逐一讲解。一增，是指增加打开水的次数，由原来的每天早晚饭后各打一次改为每天早晚饭后加学习下课后各打一次。说明白点，就是由原来的每天打两次增加到每天打三次。一改，是指改原来按组轮流到大厅打开水为由卫生组人员直接推水桶至小组门口打开水。这样既可以缩短打开水的时间，又可减少走廊、大厅里的人员流动。打开水时，轮到的小组成员，每人拿一只杯子，朝门口排好队伍，由卫生组人员按顺序逐一轮流打。这样打开水既速度快，又人均一杯公平合理。一锁，是指除打水员每天三次推水桶到小组打开水外，其余时间开水桶一律放在大厅里，并上好开水桶盖的锁。除遇到特殊情况报警官批准后才可开锁额外打水外，其余时间任何人均不得擅自开锁打开水，违者一律扣分处理。这样一来，分监区的打水难及不公问题不就可以彻底地解决了吗？"

"说得好，品杰，你的脑子太好使了……"瞬间大厅里又响起了雷鸣般的掌声。

"下面我讲第三个问题，是目前服刑人员的大小储物箱分配不公平的问题。根据我们分监区的规定，每个服刑人员只能拥有大小储物箱各一只，大储物箱是放在储藏室里的，主要是存放非日常用品，每周只能进储藏室存取一次。小储物箱是放在每个人的床底下的，主要是存放一些日常生活用品、食品等，如零食、饮料、毛巾、卫生纸等。但目前服刑人员之间的拥有量差距很大，多的与少的相差几倍多。比如有些骨干犯，因食物品来源渠道多，一只储物箱根本装不下，他们就利用手中的权力多拿多占，床底下放着两只、三只的大有人在。荻似桧就是个典型的例子，他在床底下放着三只小储物箱，储藏室里又放着两只大储物箱，一人竟占用了五只储物箱。而有些刚分来的新犯，因分监区里的备用储物箱都被骨干犯们占用，剩下的储物箱不足人均一只，他们只好两人拼用一只箱子。因他们是刚分到这里的新犯，人生地不熟的，找谁去说理呢？他们只好哑巴吃黄连，有苦往肚子里咽。对于储物箱分配、使用不公平的问题，服刑人员意见很大，要求清理整顿的呼声也很强烈。"

"你刚才提到的情况确实如此，平时向我反映的犯人也比较多，已到了非改不可的地步了。品杰，你接着谈谈如何整改的方法和措施吧。"曹管教心有感触地提道。

"我认为处理这个问题比较简单，只要两句话、八个字就可以彻底解决了。具体是什么呢？'统一收回，重新分配。'具体做法是：分监区确定个时间即周日上下午均可，通知各组的服刑人员，把自己目前所拥有的储物箱，按分监区通知的时间全部搬到大厅里来。分监区卫生组人员对每人的储物箱进行重新登记造册，并编好号码。但每人只能登记大小储物箱各一只，对于超额部分的箱子，由分监区统一收回，箱子里的物品由其本人提前处理好。无论是骨干犯还是大班犯，登记量与拥有量必须一致，就是人均大小储物箱各一只，绝不允许任何人享有特权、多拿多占。同时我还建议，平时卫生检查时，还要检查床底下的储物箱有无超标，发现多占超标的，不仅箱子带货充公没收，而且还要扣分处理。只有这样做，才能狠刹多拿多占的歪风，保证大家公平合理地拥有。"

"好，好，说得好。"大厅里又响起了阵阵掌声。

"下面我讲第四个问题，关于一日三餐打菜不公的问题。在监狱里，服刑人员的食品是相当匮乏的，所以同犯们对一日三餐的下饭菜也是十分看重和计较的。目前我们分监区的分打菜方法是先由各学习组组长轮流到大厅里分菜，然后再由组长把分到的菜拿到小组里轮流打给组员，这种打菜方式明显存在弊端。比如大厅里分菜时来一组分一组，小组里打菜来一个打一个，这就会导致打菜量的多少无法比较及增减，而难免出现组与组之间、人与人之间的不均等和不平衡，其中也包括有意识或无意识造成的不公平现象的发生。我到五大三时间虽然不长，但也有不少次听到或看到各组因打菜不公而引发矛盾，甚至动手打架事件的发生。此外，我还经常发现有些骨干犯及卫生组人员，滥用手中的权力乱打菜、多打菜的情况。他们搞特权，不参加小组里排队打菜，而是拿着菜碗直接跑到大厅里打菜。分菜员看到他们都是戴牌子的骨干犯或自己的伙计，喜欢巴结讨好他们，反正都是公家的菜，大路石板送人情，对自己毫发无损，就给他们多打菜、狂打菜，有时他们打到的菜是其他组员的好几倍。大家对此看在眼里、记在心里，只是敢怒而不敢言罢了。实际上，背后议论是很多的，意见也是很大的，要求公平公正打菜，改变不合理现状的呼声也是异常强烈的。"

"你这个问题提得很好，分析得也很客观和到位。各分监区都普遍存在这种分打菜不公的状况，我平时也收到过不少犯人给我写这方面内容的信件。我认为，各分监区分打菜不公，骨干犯享特权多打菜的歪风一定要狠刹。接下来你详细、具体地谈一谈，如何切实有效地落实整改措施，使各分监区的分打菜工作回归到正常及公平合理的轨道上来。"五监区的副监区长黄道义说道。

"尊敬的副监区长，各位分监区领导，根据当前本分监区存在的分打菜不公问题，我认为应采取'一改、一比、一空'的方法予以纠正和克服。何谓'一改、一比、一空'呢？一改是指要改变分打菜的方式方法。即要改目前分监区卫生组在大厅分菜时，来一组分一组的方式为待各组长全部到齐后，统一把菜盆放在长桌子上，由卫生组分菜员逐一均衡分打的方式。一比是指比分打菜量的多少。即打菜员打好菜后，各菜盆里所打的菜量是否相对均衡，由在场的各小组长及卫生组成员等进行比较和监督。对于大家公认打多了的适当减之、打少了的适当增之，力求相对均衡。一空是指分打菜员在分打菜时，务必把菜桶里的菜全部分空，不留任何剩菜在桶里，以防止和杜绝有人利用特权及人情关系开小灶、捞便宜。各小组给组员分打菜时，也按此方法进行，只有这样，才能切实有效地解决好分监区分打菜不公的问题。"

"你讲得很好，提出的解决方法也很可取和实用。你们五大三先搞起来，为五监区树立个样板，然后再把它推广到其他分监区去。"副监区长肯定了我提出的改革方案。

"品杰，你接着演讲吧，时间稍微抓紧一点。"指导员看了看手表道。

"是。下面我讲第五个问题，也是最后一个问题即是关于卫生组组长分发给犯人的衣服及被褥类物资不公的问题。据我了解，监区每年度都有一批新的囚服、棉絮、被套、床单、枕套等分配到各分监区，再由分监区的卫生组组长分发到应发犯人的手里。根据大多数服刑人员反映，我们分监区的前卫生组组长，在发放这些物资时，极不公平合理。他不按规定操作，随心所欲，想发给谁就发给谁。尤其是一些与他关系好的人，向他送吃送喝的人，以及一些骨干犯和一些无恶不作、惹是生非的小混混等，年年都发给他们新衣、新被、新床单等物品。而那些遵纪守规、默默无闻、老实听话、无权无钱的普通犯，很少甚至从来没有得到过新衣服、新被褥之类的物品。如果他们能发到半新半旧的东西，就算是烧高香了，他们常年所发到的，不是旧的，就是破的。每到冬日三九严寒季节，那些盖新棉被垫新棉絮的人，夜夜睡得暖和甚至冒汗；那些盖旧棉被垫旧棉絮的人，宵宵睡得冰冷甚至发抖。发外套囚服也一样，与他关系要好的人及向他送过礼物的人，天天穿着新衣裤，个个光鲜亮丽、有模有样；与他关系不好的人及没有向他送过礼物的人，天天穿着破旧衣服，个个像流浪汉、小瘪三似的。中队里大部分服刑人员对此意见满腹，反响很大，要求改变现状的呼声也非常强烈。"

　　"品杰，你说得一点也没错，我虽然到这里时间很短，但也曾多次听到大班犯们对此确实很有意见，下面你谈一下如何改变这种现状的方法和措施吧！"副分监区长威海涛插话道。

　　"我认为最有效的方法也是两句话、八个字，'回收分类，均衡发放'。回收分类是指把以前下发到服刑人员手里的被褥等物品，一件不剩地回收到分监区，然后再按好、中、差三个档次分门别类。比如今年或去年发下去的为一类，前年或大前年发下去的为二类，其余的为三类。统一打上一、二、三类字样及编好号码后待发。均衡发放是指分监区重新给服刑人员发被褥时，一定要综合考虑犯人的年龄、刑期、身体素质及健康状况等因素，并拟好草案，列好排名表待批、待发。同时还要考虑到新盖被与新垫被错开发放，即考虑发给新盖被的对象，就不再考虑发给新垫被了，如果今年已得到新被褥了的人，那明年就不再考虑给他发新被褥了。总之一句话，发放被褥及衣物类物品时，不能一个人说了算，一定要集体研究、综合考虑、公平公正地发放。只有这样正规、透明地操作，才能彻底地解决好本分监区的被褥、衣物等物品发放的不公问题。"我抬头扫视了大厅一周后接着又道，"各位领导、各位同犯，今天我的演讲到此结束，若有讲得不对的地方，请大家批评指正，谢谢！"我的话音刚落，大厅里随即响起了震耳欲聋的掌声，而且是波浪式的，一波接着一波，久久不能平息，直至主持人指导员挥手示意停下为止。

　　我演讲结束后，又转身朝台中央的领导喊起了报告词："报告领导，五监区三分监区罪犯品杰，奉命上台演讲完毕，请指示。"

　　"请归位。"指导员道。

"是。"我边答边转身下台阶回到原位置坐下。

"下面请各位评委亮分。"指导员道。

因我的演讲无论是形象、口才还是内容都是很不错的，尤其是我提出解决问题的观点和方法措施，都是切实可行且相当有力度和针对性的。评委们也都无疑给我亮出了高分。我的得分情况是：最高的一位亮98分，还有两位亮96分，两位亮95分。

"下面演讲继续，请三号选手汪桂腾上台演讲。"指导员道。

"报告警官，五监区三分监区罪犯汪桂腾奉命上台演讲，请指示。"汪桂腾走到主席台向台上领导报告道。

"开始演讲吧！"指导员点头示意道。

"是。报告指导员，我刚才听了品杰的演讲后，自愧不如，我认为分监区的卫生组组长非品杰莫属。只有他当卫生组组长，才能把分监区的生活卫生工作推上一个新的台阶，才能彻底地把历史遗留下来的弊端、陋习及各种不良风气和习惯改革掉。我刚才坐在下面时就再三考虑过了，不想参加这个卫生组组长的竞争了，我决定放弃。因我文化水平不高，脑子没有思路，不仅讲不好，而且又做不好，无能力担当此任，我自愿退出，这可以吗？"

"这个不行。因本次竞聘办法有明确规定，每个职位的竞聘者不得少于三人，你们这个职位报名参加的正好是三人，如果你放弃退出的话，将会导致人数不足三人而竞聘失效，所以说，这是不行的。你既然已报名了，演讲稿纸也写好了，人也走到台上了，哪有不演讲的道理呢？你说讲不好，那你就拿出稿来从头至尾读一遍吧！竞聘活动不是儿戏，而是严肃认真的，汪桂腾，你开始吧！"指导员解释并催促道。

"那好吧，我就照稿念一遍吧，请大家不要见笑。"汪桂腾边说边拿出事先写好的演讲稿，从头至尾地读了一遍，然后转身向台中间的五位领导喊了报告词后回到原座位去了。

"下面请各位评委为汪桂腾亮分。"指导员边喊边举起了自己的亮分牌。

汪桂腾虽然没有脱稿演讲，只是照本宣科，但他写的内容及读出来的声音略优于楼北平，于是评委为他亮的分也比楼北平稍高一些。他的得分情况是：最高的一位亮80分，还有两位亮76分，一位亮75分，一位亮73分。

三个竞聘对象的演讲及评委的亮分完毕后，现场记录员已计算出各人的得分结果：楼北平总分331分，平均分66.2分；我的总分480分，平均分96分；汪桂腾总分381分，平均分76.2分。

指导员根据记录员对三名竞聘演讲者计算出来的得分情况，当场向大家宣布道："下面我向大家宣布三名竞聘者的得分情况，第一名，品杰，总分480分，平均分96分；第二名，汪桂腾，总分381分，平均分76.2分；第三名楼北平，总分331分，平均分66.2分。本次竞聘卫生组组长的胜出者是品杰，现在我向大家隆重宣布，品杰任本分监区的卫生组组长，大家鼓掌祝贺！"

指导员话音刚落，大厅里立即掌声雷动、震耳欲聋。同时还夹杂着"品杰了不起，品杰你成功了……"等喊声，场面十分壮观、热烈。

"请大家安静下来，"指导员站起身来向大家招手道，"第一轮卫生组组长职位竞聘已结束，接下来开始竞聘劳动大组长职位。本轮参加竞聘演讲的人员有四人，下面先请一号选手草天武上台演讲。"指导员道。

草天武是监狱所在地人，目前是劳动三组组长，进来前是一家私营服装厂的小老板。他所犯的罪名是虚开增值税发票，刑期五年零三个月。因他懂得服装加工技术，进来不到半年，就被分监区任命为劳动三组组长，已经干了两年多。这次他报名竞聘劳动大组长，一来是分监区领导有意向让他担任本分监区的劳动大组长，并动员他报名参加竞争；二来是他也想借劳动大组长这个平台，施展一下自己的才能，改变一下分监区生产管理不景气的现状，为分监区领导减轻生产上的压力。

他一上台就迎来了台下同犯们的阵阵掌声，他向台上领导喊了完整的报告词后就开始脱稿演讲。他的文化程度不错，是老高中生；再加上他对服装生产尤其是在车间管理上有着丰富的经验和熟练的技巧，演讲起来思路清晰、重点突出、条理清楚。在对生产车间的计划安排、流水线作业、工艺、进度、质量及安全生产等方面，讲得有声有色、头头是道，赢得台上领导的点头赞扬，台下同犯的阵阵掌声。

草天武的演讲时间持续了20分钟左右才宣布结束，他向台上领导喊了报告词后又转身返回原座位坐下。

经评委举牌亮分后，他的得分情况是：最高的一位亮92分，还有一位亮90分，两位亮88分，最低的一位亮86分。

指导员向大家宣布了草天武的得分结果后，又喊了二号选手风华茂上台演讲。

风华茂是本市红四县人，大专学历，出事前是一个服装生产厂的车间主任。他为人憨厚老实，又有很强的事业心和责任心，同时他对服装生产的经营管理尤其是现场管理，有一定的基础、经验和特长。但他有一个明显的缺点，就是不够强势不愿多得罪人。他的演讲也是脱稿的，他对服装的加工生产，以及现场管理、质量和安全生产等方面也讲得很好、很到位，赢得了台下同犯们多次的热烈掌声。最后评委对他亮出的分数是：最高的一位亮92分，还有一位亮90分，两位亮86分，最低的一位亮83分。

第三位上台演讲的三号选手汪春雨，他是照本宣科的，他按稿子上的内容从头到尾读了一遍后，还不到10分钟时间就结束了。因讲得比较差劲，所以得分也比较低，评委对他亮出的分数是：最高的一位亮75分，最低的一位亮68分，中间三位分别是一位亮73分，两位亮70分。

第四位上台演讲的是四号选手袁平常，他也是按稿念的，也没有超过10分钟。他不仅读得不顺畅，而且声音又很低，台下的人基本听不清楚，是这一轮四人中最差的一个，当然评委对他亮出的分数也是最低的。他的得分情况是：最高的一位亮70分，第二位亮68分，第三位、第四位亮66分，最低的一位亮64分。

根据记录员对四位竞聘者的所得分数计算汇总后，指导员向大家公布了各选手所得的总分及平均分情况，他念道："第一名，草天武，总分454分，平均分90.8分；第二名，风华茂，总分444分，平均分88.8分；第三名，汪春雨，总分354分，平均分70.8分；第四名，袁平常，总分336分，平均分67.2分。本次竞聘劳动大组长的胜出者是草天武，现我向大家隆重宣布：草天武任本分监区的劳动大组长，大家鼓掌祝贺。"指导员宣布一结束，大厅里顿时响起了热烈的掌声。

两个职位的竞聘活动圆满结束后，指导员向大家提了两点要求和希望。

一是要求两位新上任组长，要以前任组长犯的错误为反面教材，牢固树立身份意识、责任意识和榜样意识。带头遵守监规纪律，认真履行好新岗位职责，烧好、烧旺新官上任的三把火，绝不辜负分监区领导及全体服刑人员对他们的信任和期望。

二是要求全体服刑人员，要全力配合和支持两位新上任组长的协管工作，强化身份意识、大局意识和服从意识。遵守监规纪律，端正改造态度，认真学习、积极劳动、多得分、少违规，争取早日重获新生，回归社会。

最后指导员宣布："今天下午的竞聘演讲活动到此结束，各学习组组长将组员有序带回监室。"

三

我被任命为分监区卫生组组长后，当晚吃饭时，除了本组组员以饮料代酒轮番敬我，还有二楼其他组的，以及三楼的六个组，均派出代表到一组，以可乐代酒，敬贺我当选为卫生组组长。我均以笑脸相迎，以示答谢。

当然，我是不稀罕这个有职无权的小官的，但我稀罕的是有了这个能展示自己能力和才华的平台。我想借此平台施展一下自己的才能、魄力和智慧，给警官和同犯们开个眼界，让他们对我刮目相看。同时，我也想借此平台，改变一下分监区生活卫生方面的现状，为同犯们解决一些看得见、摸得着的实际问题。

第二天，我就走马上任了，我要信守诺言，兑现自己在竞聘演讲时的承诺；并决心以最快的速度和最短的时间，把自己在生活卫生方面罗列出来的五大难题解决好、落实好，不让警官和同犯们失望，也不让自己失信和丢脸。

我通过两天两夜的深思熟虑、现场查看、听取意见后，按存在问题的轻重缓急、难度大小，排列出了解决这五个方面问题的时间表，并制订出了具体可行的实施方案，还专门向曹管教做了详细的汇报。

曹管教认真地听取了我的口头汇报后，再从头到尾地看了一遍我提交的文字资料，觉得很好，便当即表态道："品杰，你的思路和实施方案无可挑剔、切实可行。当过乡镇一把手的人就是不一样，肚子里有真货，你那天的演讲也很精彩，我完全佩服和信任你。从明天开始，你就进入角色吧！由你牵头，负责整改方案的落实工作。第一项改厕及改储藏室项目，涉及基建内容和资金投入，是要报监区批准的。给你两天时间，把两项改造所需的建材及费用初步测算出来，以便即日上报监区审批。其余非施工项目的改革和纠错等事宜，我全权委托你抓紧落实，再叫沉翔协助你。指导员及分监区长那边我会与他们沟通好的，你放心大胆去做吧！若在具体实施过程中遇到什么阻力和难题的话，可直接向我汇报，我会帮你排除一切干扰和障碍的。"

"那感谢曹管教对我的信任和支持，我可向你保证，自监区批准可实施之日起，一个月内保证全面完成这五项改革任务。"我激动地表态道。

"好的，如果你能在一个月内全面完成这五项改革任务，分监区给你表扬及奖励。"曹管教半认真半开玩笑地说道。

　　我的五项改造、改革实施方案得到曹管教的充分肯定和大力支持后，心里的底气和决心就大增了，为了保证如期完成任务，我就马不停蹄地开始具体的实施和落实工作。我第一步要抓的是储藏室和卫生间改造所需材料及费用的测算，因我本人对这方面不在行，但我相信五大三这么多犯人中，肯定有在行的人。于是我通过调查了解后，得知劳动二组中有个叫曹江的人，对这方面很在行，就专门去二组找他，并叫他帮忙把改造卫生间及储藏室所需的材料及费用测算出来。

　　曹江知道我是当今五大三比较吃香的人，况且我又这么信任他，便一口答应了，并随即跟着我，在警官的带领下到达监房现场察看测量，不到半天时间，曹江就把两改的材料及费用测算出来了。我拿到曹江提交给我的测算表后，就立马提交给了曹管教。曹管教过目了一遍后，就立马送到监区相关科室审批去了。

　　随后，我又足足花了三天时间，把其他的四项改革项目，逐项写出具体的时间安排和方法步骤，其中包括项目名称、改革内容、参与人员、起止时间等，让人一目了然，实用性、操作性很强。

　　一周后，曹管教告诉我："分监区上报监区的改厕所和改储藏室项目已批下来了，下周一上午，监区安排的施工人员进场，分监区由你来负责，你再物色两名懂施工的人员，和你一起组成临时三连环，配合施工人员施工。分监区每天还会派一名警官驻现场监督施工，你们在协助施工管理时碰到什么事情或难题，可直接向他反映，若他解决不了的，你们再向我反映。"

　　"知道了，谢谢曹管教。"我爽快地答道。

　　很快到了周一上午，监区派来的施工队到达施工现场了，我和另外两名同犯早在现场等候。我们首先向施工人员口头介绍了改造的内容及方案，再向他们提交了一份在原来的基础上经过细化的改造方案，以便施工人员按此方案精准施工。当日上午，施工队人员在我们三人的积极配合下，立即投入施工。

经过三天时间的紧张施工，卫生间和储藏室的改造项目全面完成，并可立即投入使用，服刑人员每天的洗漱难和上厕所难的问题终于得到了根本性的解决。大家在享受改造带来的红利时，无不夸奖卫生组组长的能力、智慧和功劳。

第一项硬件改造施工项目圆满完成之后，接下来我就把工作重点放到其他四项改革中。这四项改革项目，虽不耗资耗材，但其难度不比第一项少。这四项改革要涉及人的思想意识、行为养成及有关人员的切身利益等，其压力、阻力可想而知。我心里清楚，任何的改革都是一把双刃剑，既会得益于一部分人，也会损害到一部分人的利益。比如说现任的骨干犯、上头有靠山的关系户、享有特权的卫生组人员等。按现状，他们都或多或少地享受着一些特权。如果按我提出的观点和方案实施改革的话，那他们和其他的普通犯人就没有什么区别了，一点特权和好处都享受不到了。他们这些人无疑会持反对意见，难免会跳出来说三道四、惹是生非、故意刁难，甚至公开干扰、阻止分监区这一系列改革项目的实施。

我认为，分监区由我牵头所搞的一系列改造改革项目，虽然是我的主张，但不是为了自己，而是为了五大三全体犯人的根本利益。哪怕是难度和阻力最大，也必须排除万难，坚持始终，直到最后成功为止。

根据实施方案上的时间安排，7月18日星期天这天上午，是安排清理整顿服刑人员大小储物箱的时间。

这天正好是分监区指导员值班，他很重视这项工作，整个上午都亲自坐镇二楼大厅，指导并监督清理整顿工作。

前两天，我们陆续听说周日清理整顿储物箱时，萩似桧的三把手狂徒及"保镖"阿勇等人计划公开跳出来阻止、干扰清理储物箱工作，迫使清理工作半途而废，以失败告终。

为了保证周日这天的清理工作顺利进行，我在思想上、行动上都早有准备和提防。我暗中告诉天霸这个信息，并要求他物色好五名得力干将，参与到卫生组的清理工作中去。如果在清理中狂徒等公然跳出来阻止的话，叫他们见机行事，该出手时就出手，运用强制手段，一举将他们制服。

清理储物箱是按学习组的顺序轮流清理的，凡轮到的组，要求组员把当下个人所使用的大小储物箱，全部搬到大厅中间检查登记。然后按每人一大、一小编号、登记及签字后领回，超额部分全部由卫生组清理人员收回。因事先发过通知，明确要求多拿多占箱子的人员，提前处理好多占箱子里存放的物品，到时便于收回。

通知发出后，大部分服刑人员都很配合，他们都事先把装在多占箱子里的东西，如食品、物品、生活用品等，送人的送人、吃掉的吃掉、借放三无犯储物箱的借放。清理这天，他们把多占的箱子拿到大厅时，几乎都是空箱，所以清理起来比较顺利。

上午10时许，当清理清到第五组时，意料中的事情果然发生了。因第五组是萩似桧的老巢，大部分组员都是萩似桧手下的帮凶及亲信分子，那多拿多占储物箱的现象自然是相当普遍。这次我提出并亲自主抓清理整顿工作，这明显损害了他们的利益，他们对我的反感和憎恨程度就可想而知了。

在清理过程中，萩似桧的三把手狂徒和"保镖"阿勇，果然跳出来干扰和阻止。他们不仅不配合清理人员，把多拿多占的储物箱拿出来交给卫生组人员，而且还用恶言恶语攻击谩骂清理人员。当我对他们做出严厉批评后，他们竟然用手指着我的鼻子道："你品杰算老几呀？我们多领的储物箱是前任卫生组组长发给我们的，还是经过警官批准的，你管得着吗？你今天想这样轻轻松松地拿回去，有这么容易吗？你做梦去吧！"

我一听这话，顿时火冒三丈。我二话没说，立马上前提起狂徒的那只该回收的储物箱，打开扣子和箱盖，用力举起箱子反向往地上一掷，把箱子里装的所有食品、物品全部掷在地板上，空箱子随即提交给卫生组人员收回保管。

"你这畜生，敢掷我箱子里的物品，我跟你拼命。"狂徒边骂边用力撞向我。这时，萩似桧的"保镖"阿勇也出来助阵，想将我推倒在地。说时迟，那时快，早有防备的天霸等人，以迅雷不及掩耳之势，一举将狂徒和阿勇按倒在地板上，并警告他们俩说："你们俩不管哪个人，若敢动品杰一根毫毛，我们就剥你们的皮、抽你们的筋。"

"天霸，把他们俩拖到指导员面前去，交给指导员处理。"我发话道。

"是。"天霸等人边答边将他们两人连拖带拉地拽到指导员面前。

　　狂徒和阿勇被天霸等这突如其来的举动惊得一下子回不过神来，他们万万没想到，我、天霸等早有提防和准备，只等他们跳出来就范，使他们在大庭广众下脸面丢尽，无地自容。他们想再次挣扎站立起来，为自己挣回些面子，却被天霸等人按得死死的，浑身不能动弹。他们想发挥嘴上的功夫，恶骂天霸等几句，但当他们看到天霸等人横眉怒目、凶神恶煞般地盯着自己时，又不敢开口，只能认怂了。

　　"你们有什么好闹的，清理储物箱是分监区的决定，品杰他们只是执行者，人家都配合得很好，你们为什么要胡闹不配合呢？你们还想像以前那样享受特权，一人占三四个储物箱，我现在可以明确告诉你们，再也没有这个机会和可能了。你们现在的唯一选择就是主动认错、配合清理，争取分监区对你们的宽大处理。还不赶快去把散落在地面上的物品收集起来，装到新分配给你们的储物箱中去！这次给你们俩各训诫一次处理，若再胡闹，一定给你们扣分处理。"指导员严肃地批评了他们。

　　我、天霸等把狂徒、阿勇治理得服服帖帖后，接下来的清理工作比以前更加顺风顺水了。至上午 11 时半左右，分监区的清理整顿储物箱工作已全部完成。为了保证这些被清理出来的储物箱不被第二次侵占，我安排卫生组人员对这些箱子全部登记、编号和造册，并统一贴上"公用箱"标签，由卫生组收回后，统一放到储藏室的公共格道中保存。

　　分监区清理整顿储物箱行动，虽然只用了一个上午时间就圆满结束了，但我和天霸等人当众制服狂徒、阿勇的举动，却在分监区其他小组传播开来，而且还传得沸沸扬扬、神乎其神的。有的说，品杰举起箱子，一把将狂徒砸倒在地；也有的说，天霸等人猛然将狂徒、阿勇按倒在地，并施与一顿暴打，打得他们俩像死猪一样，伏在地上不能动弹……

　　时间在一天一天地过去，改革也在一项一项地落实。仅两周左右，分监区在生活卫生方面的五项改革工作，在我的主抓下，已全面而出色地完成了任务。同时，也使得分监区历年来遗留下来的这几项老大难问题，终于得到了全面而彻底的解决。

四

　　监房里生活卫生方面的五项改革任务完成后，我没有因此而满足。我经过认真仔细的观察后，觉得生产车间的环境脏、乱、差、臭等问题，同样比较严重，清理整顿车间的环境卫生同样刻不容缓。于是，我又把自己的主要时间、精力，放到治理车间的脏、乱、差、臭环境方面去了。

　　通过近一周时间的走访、调研及查看现场，又征求了改积会沉主任和劳动大组长草天武的意见后，我对当下车间环境卫生方面，梳理出五个方面的问题：

　　一是车间公共场所及个人操作平台上下的环境卫生差问题。虽然车间公共场所有专门拖地人员每天来回清洁，但他只是机械性地每天拖上几遍了事。平时又没有人检查监督，这样就会导致车间里的公用通道、平台、走廊等地，不能够保持全天候干净卫生无垃圾。

　　犯人们的操作平台也一样，他们也只是出工到车间后及收工前象征性地搞一下清洁工作，其余时间都忙于生产及应付劳动，哪里有心思和时间搞清洁卫生。这样就无疑导致相当一部分犯人的操作平台上下，包括桌面、地面上的灰尘和垃圾随处可见，严重地影响了整个车间的环境面貌。

二是车间上厕所混乱无序的问题。分监区规定，车间犯人每天集中上厕所的时间是上下午各一次，其余时间若憋不住要零星上的话，必须报警官批准方可。这个规矩表面上看起来似乎很合理，具有人性化，但实际操作起来弊端明显。一是找警官签字难。警官本来就对零星上厕所来审批的犯人不待见，如果碰到他手头工作忙或心情不好时，那就更反感了。他们有时会拒批，有时即使勉强给你批了，但脸色难看。如果拒批的话，不仅使你很没面子，而且内急问题仍得不到解决。二是劳动时间浪费大。按分监区规定，一个人上厕所，必须三连环成员陪同。再加上每次零星上厕所从找警官签字、开卫生间门锁及上完小便后回到原岗位，起码耗时 20 分钟以上。如果每天零星上厕所的人多，陪同的人也多了，那浪费的时间也肯定会很多。三是导致车间纪律、秩序混乱。一个车间的人数在 150 人以上，那每半天需要零星上厕所的人数不下 50 人，再加上三连环陪同人数，导致每天车间里因上厕所而流动的人数达 300 人次左右。这么大且又无序的人员流动量，势必造成车间劳动纪律和运行秩序的混乱，严重地影响分监区车间的整体形象。

三是车间冷风机随意开关及乱翻风叶引发矛盾的问题。车间没有安装空调，夏季犯人们的降温仅靠冷风机。整个车间是全框架的，每间房子的长度约 40 米，冷风机是隔间安装在房子两端的窗户上方的，一到夏天高温季节，冷风机成了全车间唯一的降温设施。

冷风机没有落实专人管理，导致任何人都可以去开关机或乱翻风叶。这样一来，就会导致因个人的位置方向不同而出现你向上翻、我向下翻或你向左翻、我向右翻的情况，甚至还会引发吵架打架事件的发生，严重地影响了车间的安全和稳定。

四是车间卫生间脏、乱、差、臭现象严重的问题。根据分监区规定，每天上、下午集体上厕所都是两个小组一批次上的，全车间共四组分两批次上完。车间有 150 人左右，每批次上的人数有七八十人之多。由于卫生间内只有 4 米左右长度的小便槽一条及蹲坑位五个，再加上卫生间门口又没有人看管把守，每批次挤进去的人数起码有二三十人，甚至有时还更多，导致卫生间像闹市一样人满为患，那喧哗声、吵闹声、谩骂声震耳欲聋，尿臭味、汗臭味、粪臭味刺鼻难闻，每次进卫生间犹如进人间地狱似的。

五是车间每天两次排长队领服药的问题。根据分监区规定，对于那些患有高血压、心脏病、糖尿病、老慢支等慢性病人员及临时发病服药人员，每天安排在车间发药两次，即每天上、下午出工到车间后各发一次。但每到车间发药期间，大厅小岗亭前都会排着长长的队伍在等着领服药。发药员只有一名，且发药时又务必小心谨慎，千万不能大意发错药，那发药的速度自然就快不起来。这就导致服药人员每次从排队开始到领服完药，起码耗时半小时之多。这不仅造成了车间大厅秩序乱糟糟，而且还浪费了大量劳动时间，影响了服药人员的生产进度及任务的完成，大家对此意见很大。

本分监区生产车间存在的这五个方面问题，我通过认真分析、反复思考后，终于构思出了一系列对症下药、切实可行的解决方案。具体内容如下：

第一，关于车间公共场所及个人操作平台环境卫生差问题的解决办法。我提议：除了平时加强宣传、检查、监督外，分监区要专门成立车间环境卫生巡查小组，由2～3名威信高、责任心强，又不怕得罪人的老年犯组成。人员性质不脱产，检查形式是定时与不定时相结合，每天上、下午各巡查2～3次。并配备红袖章及半导体喇叭，做到边检查巡查，边反复宣传搞好车间环境卫生的重要性、必要性和迫切性。凡在检查巡查时被发现公共场所或个人操作平台上下卫生不达标的，第一次给予批评教育，第二次起给予训诫处理，若每周训诫超过三次的，一律给予扣分处理。公共场所卫生不达标的，处理对象是专职拖地卫生员。个人操作平台上下卫生不达标的，处理对象是该平台的当事人。

巡查组人员是兼职不脱岗的，除每天4～6次巡查外，其余时间仍在原岗位作业，分监区除了酌情减轻他们的劳动任务外，还给予每天3～4工时的误工补贴。只要每天都坚持检查巡查下去，生产车间的环境卫生就会得到快速而彻底的改观。

第二，关于服刑人员车间上厕所难问题的解决办法。我提议：首先要增加每天车间集体上厕所的次数。改原来规定的每天上、下午各一次为各两次。这样就能基本满足大多数犯人的生理需求，可大大减少零星上厕所的人数和次数。其次是改原来的两组一批次上为一组一批次上。这样可使每批次上厕所的人数减少一半，那厕所内人挤人、人满为患的状况可得到根本性的改变。最后是每次上厕所时大小号分开上。因大小号混上弊端明显，是造成卫生间脏、乱、差、臭的根源所在。由于上大号占位时间长，又臭气熏天，既影响了上小号的进度，又污染了卫生间内的环境。如果大小号分开上，每批次都只允许先上小号，禁止上大号，其时间可缩短近一半。待全车间各批次小号都上完后，再统一安排上大号，但也不能一哄而上，还要根据蹲坑位的数量分批次而上，只有这样，才能达到文明、卫生、有序地如厕。

第三，关于车间冷风机乱开关、乱翻风叶问题的解决办法。我提议：冷风机的运行管理要落实专人负责，最好明确各组的冷风机开、关机及翻风叶一律由劳动组组长负责。若组员有要求开、关机或调节风叶方向的，都必须先向组长提出，组长再根据实际情况，综合考虑是否开、关或调节风叶。除组长外，其余组员一律不允许自行去开、关机或调节风叶方向，一经发现或查到，一律给予训诫及以上处理。若一周内因此违规三次及以上的，一律给予扣分处理。

第四，关于车间卫生间脏、乱、差、臭现象严重问题的解决办法。我提议：首先，车间要配设厕所监督员一名。每次车间安排集体上厕所时，监督员必须站在厕所门口维持秩序，并根据便位控制好进间人数，原则上要控制进入人数不得超过实际便位数的一倍。同时还要维持好如厕纪律，要求服刑人员不得在厕所内大声喧哗、不得起哄胡闹、不得随地吐痰、不得争挤便位。其次，做好厕所的冲洗和保洁除臭工作，要求各组员做到便后及时冲水，尤其是上完大号后，一定要冲洗干净，违者由监督员记下名字，然后报警官处理。此外，每天集体上厕所结束后，车间卫生保洁员必须用皮管冲洗整个卫生间。保证地面、坑面、槽面干净清洁，同时还要在卫生间点放檀香除臭，只有这样，才能彻底改变卫生间的脏、乱、差、臭现象。

第五，关于每天上、中午车间领服药排长队问题的解决办法。我提议：车间领服药时，不能一哄而上，要分批次进行，最好是一组一批次，四组轮流进行，这样可以避免服药人员因排长队造成的时间浪费。同时还建议发药员不要边配药边发药，要在发药前先配好药。因发药员除发药外，其余时间就是坐在门口看门，有的是空余时间，要充分利用这个空闲时间，给每个慢性病服药人员每人配备一个小药盒，并标上名字，然后再按医生开的药方配好药，事先装进每个人的小盒子里。每到发药时，只要找出轮到领服药人员的小盒子，把盒子里的药倒在服药人的手里，在警官的监督下当场服下即可。这样做，既可省去发药员对每个服药人员现场拣药、配药的时间，加快发药进度，又可有效地解决服药人员因排长队所带来的费时和烦恼等问题。

车间整改方案编写完成后，我把它打印成文字资料，提交给分管生产的威副分监区长审查定夺。

第二天上午，我出工刚到车间，威副突然差人把我叫过去，他对我说："品杰，你交给我的整改方案，我看过后已同指导员及分监区长都通气过了，大家一致认为你这个方案写得很好，罗列出来的这五个方面的问题也客观存在，而且是一针见血。你所提出的整改措施也切实可行有力度，同意按此方案付诸实施。分监区明确此项改革工作也由你具体负责抓落实，劳动大组长草天武配合你搞，明天开始行动吧！若在整改过程中遇到什么困难和阻力的话，你可直接向我汇报，我会全力支持你的。"

"谢谢威副对我的信任，我也认为本车间环境卫生方面的改革已到了刻不容缓的地步了，那就明天开始吧！"我爽快地答应道。

因车间这五项改革的内容，都是为服刑人员办实事做好事，基本上没有影响和损害到服刑人员的根本利益，所以开头几天实施起来都非常顺利。当第三天改革到上厕所大小便分开时，以学习五组荻似桧的小兄弟互老六为主的三个人，在安排拉小便时占着蹲坑位拉起大便来。监督员叫他起来，他们不仅不听，反而骂监督员是看门狗、马桶官，还威胁他说："你若再多嘴管闲事，我们就叫你尝尝我们屎的味道。"

当我得知此情况后，就带着卫生组的五六个成员来到厕所间，狠狠地批骂了他们一顿，并叫他们立即起身离开，把蹲坑位让给其他服刑人员小便。但他们以还没拉完大便为由，死活不肯起身让位，他们的态度和举动使我非常不满和愤怒。我认为，今天是改革的第三天，如果不把这种歪风邪气打压下去，不给这几个人点颜色看看，不仅要被在场的同犯们看笑话，而且还会导致此次改革难以顺利进行及圆满完成。一想到这里，我顿时怒从心生，力从愤起，我猛然向其他几个卫生组成员挥手道："大家跟我一起动手，把他们拖出门外去交分监区领导处理。"

还没等他们几个人反应过来，我们便一拥而上，抓住他们的胳膊，连拖带拉地把他们拽到厕所门口。因他们没有时间和机会穿好裤子，再加上拖拉时他们的双手被我们紧握着不能自由地活动，拖到门口时，他们的内裤连同外裤全都掉落到脚背上。这不仅使他们的裤子全被厕所里的污水浆染湿、染脏了，而且他们的下体包括隐私部位全被暴露示众，真是洋相出尽、脸面丢尽。最后威副还对他们三人均做出了扣分5分处理。

自互老六等人被打压及处理后，分监区车间接下来的各项改革工作就一帆风顺、畅通无阻了。我们仅用了五天时间，就把车间的五项改革任务全面而彻底地完成了。

改革后的分监区车间，无论环境面貌还是精神风貌，都焕然一新，大家在享受这五项改革带来的成果的同时，无不明里暗里称赞我的人品、智慧、魄力和功劳。

五

8月的江北，天炎地热的程度不亚于江南。已进入末伏季节的黄龙监狱，仍然像一个热气腾腾的大火炉。

虽然监狱里对犯人们的防暑降温工作也是比较重视的，每年一进入夏季，监狱各层级都会成立防暑降温领导小组，同时也会专门召开防暑降温动员会，并利用黑板报、宣传窗及大小会议，大张旗鼓地宣传做好防暑降温工作的重要性、必要性和迫切性。但由于受条件、设施等的限制，每到三伏季节，犯人中轻症中暑者几乎每天都有出现，重症中暑者也偶有发生。尤其是今年的七、八月，因全监的劳动竞赛活动已进入最后的冲刺和决战时刻，各车间为了抢进度、争名次，日夜加班加点，忙得不可开交。犯人们也为了保质保量完成任务，每天战高温、冒酷暑，个个整天汗流浃背，浑身如洗，导致各类中暑人数与往年同期相比，有了明显的增加。

我作为专职的卫生组组长，自然感到任务繁重、责任重大。我没有像前任的卫生组组长及其他骨干犯那样，整天捧着茶杯，坐在冷风机口下面，喝茶吹风乘凉。我认为自己虽然当了卫生组组长，但仍是犯人，只是分工不同罢了，身份本质没有改变。所以自己就应该和其他同犯同甘共苦，不能高高在上，脱离同犯。

于是，我每天都在忙碌着两个方面的工作：一是卫生组组长的本职工作。当前的重点是防暑降温工作，我每天都坚持给同犯们量血压、测体温，分发人丹、十滴水、藿香正气水及刮痧等。此外，我还要管理好车间、监房的环境卫生工作。二是抽空参加车间劳动。我每天都要安排时间，去帮助一些年纪大、身体素质差的老弱病残犯人干点活儿。比如帮他们编编号、摆摆衬、点点位、剪剪线毛等。有时还去干些运货、拉料、打包等重体力活，成天和大班犯们一样，忙碌得汗流浃背、精疲力竭的。

一天下午3时左右，我和往常一样在给同犯们测量血压，突然沉翔跑过来跟我说曹管教找我有事。我慌忙起身去见曹管教，曹管教把我带到小岗亭前，用手指着坐在岗亭里的黄道义副监区长道："品杰，黄副监区长找你谈话，你过去吧！"

"是。"我边回应曹管教边有点忐忑不安地走到小岗亭前，整理了一下着装后喊道："报告黄副监区长，五监区三分监区罪犯品杰奉命来到，请指示。"

"品杰，你来五大三多久了？"黄副问道。

"报告黄副，我到五大三已有半年多了。"我答道。

"来五大三时间不长，事情却做得不少，口碑也很好，当过乡镇一把手的人确实有些与众不同。"黄副夸道。

"黄副监区长，你这么说我感觉很不好意思的，我只是一个普通的犯人，也仅做了一些应做的分内事，没有什么好夸奖的。"

我回答道。

"好了，闲话不说了，下面就言归正传吧！我今天来找你，是想提拔你一下，把你调到监区部担任五监区的卫生大组长。凭你的水平能力和智慧魄力，五大三的工作平台与你不匹配，想给你一个更大的工作平台和空间，充分发挥你的聪明才智和水平能力，为五监区的生活卫生工作开创一个新的局面，你愿意吗？"黄副问道。

我听后稍愣了一下道："谢谢黄副的好意和对我的信任。不过，我刚才考虑了一下，觉得还是留在五大三改造为好。"

"这是为什么？"黄副好奇地问道，"你现在是五大三的卫生组组长，只管理一个分监区的生活卫生工作。你调到五监区任生活卫生组组长后，你可以管理八个分监区的生活卫生工作，你的权力、地位一下子扩张了八倍呀！你现在每天都在监房和车间两点一线上来回，是多么单调和乏味；你调到新岗位后，上可以同监狱相关部门人员沟通联系，下可以深入下属八个分监区去调研或监督指导工作，这不是挺好的吗？人家争都争不到这个位置，你为何要拒绝呢？"

"报告黄副，你说的这些我心里很清楚。"我回答道，"你今天亲自来找我谈话，想提拔我担任五监区的卫生组组长，就我个人而言，是多么大的面子和荣光啊！但我不想去的理由却很简单，就是放不下五大三的150多名同犯，尤其最为难舍的是那些与我风雨同舟、患难与共的好兄弟。我在五大三遭受劫难时，是他们一直在支持着我、帮助着我、力挺着我，使我振作起精神，摆脱了困境，战胜了一切困难，同时还当上了分监区的卫生组组长。

我应该牢记恩情、知恩图报，有责任和义务帮助他们、关心他们、照顾他们，尽可能地为他们多做些好事实事。我现在如果仅为了一己私利，弃他们而远去，那我就成了唯利是图、忘恩负义的'小人'了。"我抬头盯着黄副看了一眼后接着又道，"黄副，我现在虽然是一名犯人，但我始终认为，犯人中也有好人和坏人，君子和小人之分。我不想做犯人中的坏人和小人，而尽量想做犯人中的好人和君子，这就是我不想调离五大三的原因和理由，请黄副理解和尊重我的选择好吗？"

黄副听了我一番拒绝的言语后，先愣了一下，后比较爽快地答应道："品杰，想不到你不仅管理水平、能力超高，而且道德品质也很优良，我完全理解和支持你的选择和决定。那你就继续留在五大三改造吧！希望你再接再厉，把五大三的生活卫生工作推上一个新台阶，为五监区树立起一个好样板来。"

"谢谢黄副监区长的理解和支持，我会牢记你的教诲，尽力做好本职工作的。"我情绪有些激动地答道。

回到本岗位后，我的心情一直平静不下来，脑子里在反复地思考着，黄副为何突然找我谈话？还要提拔我当五监区的卫生组组长？是他真的看上我的水平能力，还是有人在背后帮我说话及请托关系？我左思右想，还是想不出个所以然来。

"你在想什么呀？怎么一个人坐在这里发呆？"突然一串清脆悦耳、委婉动听的声音打断了我的沉思。当然我对这个声音非常熟悉，一听就知道是王昭君在问我，我忙起身用手示意她在自己的对面坐下。

"黄副找你谈了些什么使你变得这样傻乎乎的？"昭君问道。

"他想……他想……算了算了。"我犹豫了一下后转换了话题问昭君道，"大美女，你有两三天没来车间了，都跑到哪里去了？"

"请你不要转移话题，老老实实地回答我刚才的提问好吗？"昭君追问道。

我沉思片刻后答道："那好，我就从实招供吧！刚才黄副找我谈话的目的，是想把我调到五监区去当卫生组组长。"

昭君听后先是一愣，随后盯着我的脸面说道："黄副看上你了，还要提拔你当五监区卫生大组长，这是天大的好事呀！我祝贺你。那你什么时候过去，我得好好地欢送你一下。"

"我没答应，拒绝他了。"

"什么？你拒绝了，为什么？"

"因我舍不得离开这里的人，包括你。"

"你没骗我吧，我在你心里有这么重要吗？"

"这是肯定的。我'一日不见兮，思之如狂'，其心里感到空虚和失落至极。但请你不要想歪了，我没有别的意思，只是把你当成最亲近的亲人一样看待。"

"不用解释，我心里明白，那你真的不去了？"

"是的，我已彻底地回绝了，不去了。"

"你这个人的特点是太讲义气、太重感情了。你认为在你最困难无助时，是你这帮兄弟支持你、帮助你，使你摆脱了困境，还当上了卫生组组长。为了报答他们、感恩他们，你不想离开五大三，继续留在他们身边照顾他们、保护他们，这就是你不想高攀，不去监区当卫生组组长的真正理由是吧？既然你已决定不去了，我也同意你的想法，支持你的选择。"昭君打量了一番品杰后接着又道，"下面我把这两天没来车间的原因告诉你吧！因我们公司放在监狱里加工西装的业务范围扩大到对面的四监区去了，目前四大三、四大四先上。这两天我和我的嫂子一起都在那边指导、辅导他们开机生产，我老公的本意是想让我长期留在那边的，因那边两个中队车间同时上马，他们对做西装的业务比较生疏，需要一个技术上老练一点、经验上丰富一点的人留在那边。但我连自己也搞不清楚，就是不想离开这里，于是，我就叫我嫂子留在那边了。"

"你不想离开这里的原因，你自己搞不清楚，我却很清楚。因每个人都有怀旧情结，你在这里已有好几年了，与这里的人和物或多或少都有些感情了，所以不想轻易离开这里，这是一个方面。还有更主要的一方面是，你不放心把我一个人留在这里，怕我受到伤害、欺负时没人照应。昭君妹子，我猜得对吗？你真是个大好人，也是我品杰落难时遇到的大贵人，我从心底里感激你啊！"

"不要老是说感激、感谢这类话，好像我们俩很陌生似的。"昭君抬头瞧了瞧四周后接着问道，"我还有一个问题要问你，这次黄副监区长专门找你谈话，还要提拔你当五监区的卫生大组长，是不是有人暗中帮你说话或者家里人与黄副拉上关系了？"

"这个我也搞不清楚，刚才你来到这里时，我也正在思考这个问题。不过，据我分析，家里人与黄副搭上关系是不可能的，因我多次与家人会见时，都一再告诉他们，改造是没有捷径可走的，只有脚踏实地、一步一个脚印地改造，才是唯一的出路。靠投机取巧拉关系改造，是没有任何作用的，其结果只是劳神伤财、害人害己，我还一再叮嘱他们不要再为我在里面拉任何关系了。所以，我敢肯定地说，这方面的因素可以排除。"品杰抬头盯着昭君看了看接着说，"我当时考虑是否你在外面又帮我活动，叫他们提拔重用我，如果你也被排除的话，那答案就只有一个了，就是上次分监区公开竞聘卫生组组长和劳动大组长时，黄副坐在主席台上当评委，可能他听了我的演讲后，认为我的演讲内容和整改措施可以，还觉得我的口才、思路、能力、魄力不错，对我产生好感后，才决定提拔重用我。"

"这有可能，这样看来，黄副这个领导还是不错的，他慧眼识珠、任人唯贤唯能，是当代的伯乐啊！只可惜他寻觅到的千里马，是一匹不听使唤的脱缰野马，使他用心良苦却无功而返，你难道要他像刘备那样三顾茅庐吗？"

"这不可能，我已经与他沟通好了，他说他理解我并尊重我的选择，同意我继续留在五大三当卫生组组长。其实，我觉得监狱里的各层级领导大多是不错的，像监狱里上次来调查的两个部门的领导，再像监区里的教导员、黄副，分监区里的指导员、分监区长及曹管教等，素质都是挺高的。他们敬业奉献、吃苦耐劳，每天被困在高墙内与犯人打交道，日夜忙碌在只有同性、没有异性的枯燥环境中，日复一日、年复一年，同样能活出精彩人生，确实是很不容易，也很了不起，我很敬佩他们。"

"听你这么一说，我也顿生同感，他们确实很辛苦，也很了不起。你们被困在里面是有期限的，是属于临时工性质。而他们几乎从参加工作开始到退休，一生都在里面工作，确实不容易，我们应该多理解和尊重他们。至于黄副找你谈话之事，你也不要再为此事伤神伤脑了，反正你已回绝了黄副，那就安心地留在五大三当好这个卫生组组长吧！"昭君看了看手表后接着道，"品书记，时间不早了，我再到其他岗位去看看后该下班了。"

"那你去吧，有空多来我这里坐坐。"

"好的，我会经常来看你的。"昭君边说边向大厅方向轻盈地飘了过去。

看着昭君楚楚动人的身姿和渐渐远去的背影，我心中有一种说不清道不明的欣慰和快感。

这天是中秋节，按监狱里的规定，凡是国家法定节假日，犯人们都不用出工劳动。同犯们都在监房或大厅里搞些自由活动，如有看电视书报的，有写信寄信的，有下象棋走军棋的，大家都玩得挺开心的。

同时，每逢节假日这一天，犯人们的伙食也是有所改变的。根据贴在大厅里的菜单显示，今天早餐是人均两个馒头加一个鸡蛋，中餐是人均两个粽子加一菜一汤，一菜是烧白鲢鱼，一汤是麻辣豆腐汤。晚餐是大米饭加两菜，两菜是红烧肉和炒洋葱。这些菜在外面是最常见的普通菜，而在里面却算得上是高档菜了。这样的伙食待遇只有节假日才有，平时是不可能有的。

吃过晚饭后，大家都继续在监房里忙碌着自己喜欢的活动，我也和老搭档聪德下着象棋。正当我俩杀得车翻马仰时，突然值班人员在监房门口喊我，说指导员找我谈话，叫我速去大厅。我连忙起身小跑至大厅，指导员叫我在他对面的小凳子上坐下。

"品杰，这段时间感觉怎么样？累不累？"指导员问道。

"自我感觉还可以，虽然有些累和辛苦，但还扛得住，就是感觉太热了些，晚上睡觉睡不好。"我答道。

"没办法，监狱里的条件就是这样，每年的三伏天都是很难熬的，但咬咬牙也能过去。要怪只怪你们不该来这个地方，既然来了，那就只好认命，只好默默地承受。"指导员看了我一眼后紧接着说，"品杰，我今天找你来是要告诉你一件重要的事情，就是想把你的岗位变一变，再给你加点负担和压力。"指导员转了话题道。

"为什么又要变？我上次不是与黄副监区长沟通好了，他答应我继续留在五大三改造了，刚过了个把月时间，怎么又反悔了。"我有点生气及不解地问道。

"这次变动不是把你调走，而是就地提拔。因沉翔在这个岗位上任职时间已超过两年了，按监狱规定，凡骨干犯在本岗位任职时间超过两年的，均要进行交流换岗，这次监区已明确，把沉翔交流到五大一担任改积会主任。经分监区领导班子会议商议后，决定由你接任沉翔担任本分监区的改积会主任，希望你不负众望、再接再厉，在新的管理岗位上重烧三把火，协助分监区领导，把本分监区的整体改造工作，提高到一个新的层次和水平。"指导员认真且语重心长地道。

听到这个突如其来的新任命，我心里一时很难接受，觉得这不是什么好事，而是一种负担和压力。我自担任分监区卫生组组长以来，凭着自己的能力和努力，确实为分监区及同犯们做了一些工作和好事实事，也赢得了大家的信任和口碑。若继续在原岗位上工作，那会水到渠成、得心应手，没有多少负担和压力。如果换岗到改积会主任，那分监区领导及同犯们对我的期望值会更高，若上任后的三把火烧不好，没有震动效应，而是默默无闻、平平淡淡，就会使他们大失所望，也会使自己前功尽弃。

于是，我向指导员婉拒道："我上任卫生组组长仅几个月时间，还有很多应做的事情未做到位，现在又突然要改任改积会主任，这无论是对我个人，还是分监区的生活卫生工作的持续、有序开展都会造成一定影响。我认为，我还是留任卫生组组长这个职位比较合适，至于改积会主任这个角色，还是请指导员你另选高明吧！"

"品杰，实话告诉你吧，叫你担任改积会主任，是我极力主张推荐的。也有人认为，你来五大三时间短，任卫生组组长仅有几个月时间，又提升你任改积会主任，跳得太快了，不符合常规。也是我反复强调，分监区用人要改革，要不拘一格起用人才，最后才统一了他们的思想，形成了一致意见，由你接任沉翔任本分监区的改积会主任。你现在却不接受这个职务，这不是在为难我吗？不要再推辞了品杰，既然是分监区会议定下的决定，你是没有选择余地的，还是爽快地接受吧！"指导员推心置腹地道。

听了指导员发自内心的一番规劝后，我一时无语，我理解他此时的心情，不想再使他不高兴了。我沉思片刻后对他说："既然事已至此，一切都已成定局，你对我也是关心有加、用心良苦，我也没有理由再推辞了，就只好接受吧！"

"这样很好，品杰，你没有辜负我对你的期望，我很高兴。我会尽力支持你的工作的，你尽管放手大胆地干吧！"指导员有些激动地说道。

周一下午的点评会上，会议最后的一项内容是指导员宣布本分监区的改积会主任及卫生组组长的任免名单，他宣布："经本分监区研究决定：晶杰任本分监区改积会主任，其卫生组长职务自动免去。原改积会主任沉翔，因在本岗位任职时间已超过两年，按监狱规定，必须予以交流。监区决定，将其交流到五大一任改积会主任。汪桂腾任本分监区卫生组组长，因上次公开竞聘卫生组组长时，他得分排名第二，故本次予以录用，大家鼓掌祝贺。"指导员话音刚落，会场里顿时掌声雷动。

任免名单宣布结束后，指导员还对两名新任组长及全体服刑人员提出了两点要求和希望。

我履新职后，就轻装上任，全身心地投入新岗位的工作中。改积会主任是犯人的总头目，是协管全面工作的，什么东西都可以管。当然这里面也有直接管和间接管之分，直接管的有：分监区日常事务的协管；应对监区对分监区月、季、年度的考核；服刑人员队列体操的训练；服刑人员违规违纪的处理；服刑人员三连环的编排与调整；服刑人员减刑、假释的统计、编排及上报等。间接管理的有："三课"学习，直接管理的是征文组组长；内务卫生，直接管理的是卫生组组长；车间生产，直接管理的是劳动大组长；新闻报道，直接管理的是征文组组长。

我经过认真思考后，决定先以自己直管的三连环的运行和管理为突破口先行改革，因这项工作所存在的问题较多较严重，必须尽快改之。

我专门与曹管教约好交流时间，并当面向他详细地汇报了自己对本分监区三连环运行模式改革的思路和方案。我说："目前本分监区三连环的组合和搭配形式过于死板，极不灵活，给服刑人员在学习、劳动及日常生活中造成诸多不便和麻烦。比如服刑人员的日常洗漱、上厕所、去大厅服药、下场地晾晒衣服等，都必须由原配的三连环成员陪同流动。若碰到监房里有三个不是同连环的人要去卫生间洗漱或上厕所，那必须九个人一起流动，其他六人纯属空陪。还有车间里的三连环流动，更是凌乱不堪，因目前车间里的三连环组合，也是按监房学习组组员进行搭配编排的，但出工到车间后，由于每个人所处的劳动组及作业岗位不同，有的是一组二组的，有的是三组四组的，原配三连环几乎全被打乱拆散了。甚至有的一个在东、一个在西，距离很远，连看都看不到，何谈互相监督呢？根据我们分监区规定，车间里三连环成员流动时，也必须由原配三连环成员陪同，这就导致人员组合时相当不便和难找。再加上整个车间的服刑人员，因上厕所、拿料、服药、看病等，每天所发生的人员流动量是很大的。而且都要一人流动，两人空陪，这不仅会造成大量的时间和人力的浪费，而且还会导致车间秩序及纪律的混乱。本人认为，目前分监区的三连环编排和流动方式极不科学和合理，已严重地影响了车间的生产秩序和服刑人员的日常生活，必须予以立即整顿与改革。"

"品杰，你刚才指出的问题不仅确实存在，而且还很严重，你认为本分监区应采取什么样的方法整改？"曹管教反问我道。

"我认为三连环的编排和流动形式不能太单一、死板，应采取多样化。所谓多样化，我的意见是应落实一改三措施。就是将原来的只有一种形式的三连环改扩成监房三连环、车间三连环和临时三连环三种形式。监房三连环就按目前以学习组为单位进行编排的形式不变。车间三连环仅限于在车间内流动时应用的，应以劳动组为单位编排，以邻近岗位的组员组成。临时三连环无论是监房还是车间，均可组合及流动，由需要流动的人员临时组合而成，比如在监房，有人想去卫生间上厕所或洗漱时，不一定均要由不想流动的原配三连环成员陪同，可由其他想流动的人员临时搭配组合成临时三连环进行流动。这样既可克服不想流动的原配三连环人员被迫流动带来的不便和烦恼，又可减少监房、走廊上人员流动的数量和频率，同时又能满足人员流动时必须三人牵手同行的规定，能收到一举三得的效果。车间的临时三连环编排、组合也一样，完全可以参照上述的方案进行。"我看了看曹管教的面部表情后接着说，"曹管教，我认为本分监区的三连环运行模式必须改变，而且是迫在眉睫，至于我刚才提出的一改三方案是否可行，请你仔细分析考虑一下，若可行的话，我计划下周开始，作为新上任改积会主任的第一把火先烧起来，若有不妥需要改正的地方，请你明示，以便于我改之。"

曹管教详细地听了我提出的三连环一改三方案后，伸出大拇指夸奖道："品杰，你刚才提出的改革方案太好了，简直是无可挑剔。它既能保证三连环流动时的应有人数和功能，又能收到方便、灵活、省时、省力、有序的效果，真是科学合理、一举多得啊！我完全同意你的一改三方案，并全力支持你组织实施。那就定于下周一开始行动吧，争取三天时间，将这项改革工作全面、彻底而圆满地完成，若在具体实施过程中遇到阻力和干扰时，你及时找我。"

"好的，保证三天内全面完成任务。"我开心地答道。

当晚，我征求曹管教同意后，在二楼大厅召开了全分监区的学习组组长、劳动组组长及改积会成员会议，曹管教亲自坐镇。

我作为主讲，向大家提出并讲解了三连环一改三的改革方案、目的意义和具体实施步骤，大家一致认同这个改革方案，并表态全力支持配合这个方案的实施。会议最后，曹管教做了小结，他强调了三连环改革工作的重要性、必要性和迫切性，要求大家统一认识、积极参与这项改革，全力支持这项改革，争取三天时间改革到位。

第二天上午，我和劳动大组长草天武一起，正在车间边看现场，边编排组合三连环成员名单时，突然门岗员过来喊我说监区警官找我。

当我慌忙走到车间门口时，只见监区警官早已在此等候，他告诉我说北山检察院来人传唤我。当班的分监区长按惯例对我搜身了一遍后，把我转交给监区警官，监区警官核准了姓名后，把我带离了车间。

第五章　检察提讯

一

上午 11 时许，天气阴沉，还时不时地飘起小雨。在位于黄龙监狱至北山县城的高速公路上，一辆坐着四人、鸣着警笛的警车，自西向东冲出高速，向北山县城疾驰着。

车上坐着的这四人中，其中两个是检察官，一个是驾驶员，还有一个是我。这两名检察官和驾驶员都是北山县检察院的工作人员。因我又疑涉及新的案子，被北山县检察院反贪局人员从黄龙监狱拉回北山重新侦查审讯。

警车已驶进了北山看守所。11 时 30 分许，我办理了入所手续后被送进了 001 监房羁押。

北山看守所位于北山县城西江林街道，距主城区约两公里，是前年刚从城中搬到这里的新所。整座大院是新建的，院内新楼幢幢、设施齐全、花草茂盛、环境优美，是全市一流的看守所之一。

001 监房是一间过渡房，羁押在里面的人大多是刚进来的新人。他们被关押在这里的时间一般都在一至两周之间，等到其他监房有空位时，就会把他们分流出去。在过渡房羁押期间，他们的生活条件是相当艰苦的。

首先是住宿拥挤。一个房间内只有一张长板床，按常规只能容纳十五六个人，但因过渡房新进来的人数不确定，多时关押人数竟达二十几个以上。除了床板上挤满人以外，走廊、通道上打地铺的人也遍地皆是，有时连上厕所都难觅踏脚之地。同时，每个人的床位也都非常挤窄，除正副组长的床位宽敞一些外，其余人员的床位宽度仅有二三十厘米，每晚睡觉时都不能平躺，只能侧着身子睡，是非常难受的。

其次是伙食太差。关押在这里的人都是刚送进来的，家属还没来得及给他们送吃、送喝的东西进来，而看守所里提供的饭菜是比较差的，每餐基本上是米饭加一菜或一汤。米饭虽然能让你吃饱，但米质不是很好的。一菜大多是蔬菜类的东西，当然一周内也偶尔会供应少量的鱼或肉。一汤基本上是青菜汤，有时也会有番茄或萝卜汤，大家都普遍称之为清水汤。

但过渡房也有好的一面，就是不用参加劳动。因过渡房里的人员不稳定，每天都有人员进出，同时又没有空间设置劳动场所，所以所里也没有给过渡房分配劳动任务，羁押在里面的人只是学习些所里的有关规定、规范和常识罢了。

当我被送进001过渡房时，房内早已人满为患。一个本来只能关押十五六个人的房间，却挤进了二十几个，无论是长床上，还是通道、走廊上，均打满了地铺，挤满了人。

吃过中饭后，大家都有个床位可午休一下，而我因新来床位未落实，只好坐在组长的床角上眯一下眼睛。这个组长我是认识的，我第一次进所时也是关在这个房间，也是他当组长的。晚上睡觉时，组长念及旧情，叫睡在床板上的人挤紧一点，硬空出条人缝来，让我嵌在中间侧睡。

由于天热、人挤、气闷，再加上打鼾声此起彼伏，汗、屁臭充鼻难闻，我怎么也睡不着。我时而环顾四壁高墙、灯光昏暗的监房，时而瞧瞧床上、床下光头裸体的同伴。那一样的房间、一样的场景、一样的组长和一样的自己，如同去年七一那个晚上，自己第一次进所时的复制品一样。触景生情，去年七一那天的难忘往事，即刻浮现在我的眼前。

二

我清楚地记得，去年七一党的生日这天，洪溪镇党委在镇大会堂召开了全镇共产党员会议，我还亲自为广大党员上了一堂题为《坚定理想信念，筑牢反腐防线》的党课。讲课时间长达两小时左右，由于讲得生动精彩，赢得了台下参会党员的一阵阵掌声。

党员大会结束后，我刚回到办公室，见有三个穿便服的陌生人在房间内等候。他们见我进来后，就随即反锁了房门，亮出了证件，并明确告诉我道："品杰书记，我们是北山检察院反贪局的工作人员，今天下午两点，我们局里领导接到有人实名举报，说下午有人向你行贿，地点在你的办公室内，还说你已经收了行贿人送的5万元人民币，放在你办公桌最下格的抽屉里。为了验证举报人的举报内容是否属实，请你打开锁，拉出抽屉让我们检查一下。"那个高个子青年检察官对我道。

　　"有人向你们举报说有人向我行贿？还说我已收了行贿人5万元钱放在自己办公桌的抽屉里？这简直是无中生有，大白天说梦话。"我用手指了指办公桌的抽屉道，"我办公桌的抽屉从来不上锁，你们随便搜查吧！"

　　"品书记，你看，这是什么？"反贪局人员拉出抽屉后惊讶地问我道。

　　我弯头俯身向抽屉里一看，原来抽屉里真的放着一捆人民币。反贪局人员拿出来打开一数，共有百元面值的五沓，每沓1万元，共计人民币5万元。

　　这突如其来、出乎意料的场景，把我搞得一头雾水，吓出一身冷汗来。我根本不知道这抽屉里真的放有5万元人民币，也根本不知道这钱是谁放的，我只知道这钱绝对不是自己放的。于是，我慌忙向检察院反贪局人员解释道："反贪局同志，请你们相信我，这钱绝对不是我放的，我也根本不知道这抽屉里有钱，这分明是有人栽赃陷害，你们一定要查清此事，还原真相，千万不要冤枉无过之人啊！"

　　"品杰，你说这话我们不爱听了，你刚才说抽屉里不可能有钱，现在搜出钱后又说这钱不是你放的，还说有人对你栽赃陷害，你说这话有证据吗？你现在不要再做无谓的狡辩了，还是跟我们到检察院反贪局走一趟吧！"那个矮胖中年检察官道。

　　"我没有受贿到你们反贪局干吗？你们刚才不是说有人打电话到反贪局，说我办公桌抽屉里放着5万元人民币吗？那打电话的人到底是谁？他又是怎么知道我办公桌抽屉里放着这5万元钱的？你们仔细想一想，发生这种事情正常吗？这不是明显有人蓄意栽赃陷害我吗？请你们一定要查出打电话的人是谁，再顺藤摸瓜，把此事的来龙去脉查个水落石出。"我既紧张又焦急地提醒他们道。

"品杰同志，我们是奉领导之命来执行任务的，请你配合一下，与我们一起到检察院反贪局一趟，你有什么需要解释说明的，也向我们的领导解释说明好吗？"高个子青年检察官道。

当时我觉得与他们多讲也没有意思，他们是一般工作人员，是奉命行事的，他们的说法也有点道理，于是，我就答应与他们一起去一趟检察院反贪局。

就这样，我跟着他们三人，一起上了他们的车，来到了检察院反贪局。副局长林米国早已在小会议室等候，他先给我泡了一杯茶水后，便一本正经地跟我说道："品杰，我们今天下午找你来的原因和理由想必你也清楚了，我也不跟你绕弯子了，下面请你把办公桌抽屉里放着的这5万元钱的来龙去脉讲讲清楚吧！比如这钱是谁送给你的？什么时候送给你的？他送钱的目的和意图又是什么？只要你现在能积极主动地把这些问题讲清楚，我们就视你为投案自首，马上给你办取保候审手续。手续办毕后你就可回家，到法院开庭时，你按时出庭就好了。同时，你也会得到法院从轻减轻判决的，你下面就开始交代问题吧！"

"林局长，你就这么快给我下结论了？那抽屉里的5万元钱就是我受贿来的钱放在里面的？你们就这么轻信举报人的举报内容？我可以明确地告诉你林局长，这5万元确实不是我放的，我也根本不知道这5万元钱的来龙去脉，我觉得这是一起很明显的、赤裸裸的栽赃陷害的案子，你们一定要查清此事啊！"

　　"品杰，你叫我们一定要查清此事的真相，可我们已经查得很仔细、很清楚了。我们不仅与举报人见面核实过，而且还与行贿人核实过多次，他都一口咬定这钱是在下午开会前，在你的办公室里亲手送给你的，还亲眼看到你把这钱放到办公桌最后一格抽屉里。我们还有理由不相信他吗？我们是取得确凿证据并报请县委、县人大批准后才到你们镇里'请'你的。因下午你们镇里正在开党员大会，你还坐在主席台上给党员上党课，我们的人没有当场传唤你，一直等到会议结束后才找你，我们是给足了你面子的。你现在已到达我们反贪局了，请你也要给我们点面子，及早如实地向我们交代问题吧。不要再抱有侥幸心理，你现在唯一的选择是主动交代问题，争取得到从宽处理。如果你一意孤行，抵赖到底的话，那我们也只好把你刑拘后送到看守所羁押了，那你想得到减轻从轻处罚的机会、条件也就没有了。"林副局长耐心地劝说道。

　　"林局长，这钱根本不是我放的，我也根本没有受贿，你叫我交代我怎么交代呀？我总不能瞎编说自己收了这钱。你们也不要把这件事情看得如此简单，要深入细致地开展调查，千万不要中了奸人、坏人的计，使好人受冤枉啊！"我再次向林局长恳求道。

　　"品杰，我们跟你无冤无仇，要冤枉你干什么？这钱是从你办公桌抽屉里搜出来的，又有人举报你收了行贿人的5万元钱后放在办公桌的抽屉里，我们又专门找举报人和行贿人当面核实过，可以说是人证、物证、旁证齐全，你还有什么可争辩的？我劝你还是及早如实交代为好，狡辩与抵赖于事无补、毫无意义，只能给你带来麻烦、痛苦及增加刑期，你又何苦呢？"林副局长看了看手表后接着又说，"品杰，要么这样吧！既然你一时想不通，不想交代，我也不逼你。现在已到了吃晚饭的时间了，那你先吃饭吧！我再给你三小时的时间考虑，如果你在晚上十时之前能向我们交代清楚问题，我们同样算你投案自首。若超过了这个时间还不交代的，那我们只好公事公办，将你送看守所羁押了，那你的苦日子也就开始了。"林副局长抬头盯着我的眼睛看了看后接着又说，"品杰，我今天把该讲的话都讲了，而且有些不该讲的也讲了，可以说是仁至义尽了，你一定要自己把握好啊！"林副局长说完这些话后，就回到自己的办公室去了，只留下两名工作人员陪着我。

等了一会儿，又有一名反贪局工作人员提着一盒盒饭进到小会议室里来，他们叫我先吃饭。我无故被他们带到反贪局，还要我交代问题，心情差得一塌糊涂，根本不想吃任何东西，最后在这三名工作人员的再三劝慰下，我才勉强吃了几口饭。

在接下来这漫长的三小时内，三名反贪局工作人员一次又一次地催我交代问题，我却一次又一次地回答他们说这钱不是我放的，我绝对没有受贿，也无法交代问题，并一再要求他们一定要深入细致地调查，把事实真相搞个水落石出……

就这样，我一直等到晚上10时，仍没有承认并交代自己收受这5万元钱的情况。他们也很无奈，最后请示了领导后，办理了有关手续，于深夜把我送往看守所。

到了看守所时，已快深夜11点了，看守所民警叫我取出身上的手机、手表、钥匙及皮带，并换掉了皮鞋，穿上了他们提供的黄马甲后，我被送进了001过渡房里。

到了 001 房间后，只见房间内人满为患，无论是长板床上还是地面、走廊上，都躺满了光头赤身的汉子。他们大多处于梦乡之中，只有一个值班的人坐在那里，后来知道这个人是该组的小组长。他见我进来后，就把我叫到他旁边，轻声而简单地向我了解了一下情况后，叫我自己找个地方躺下睡觉。我东看西找，却找不到可容身之处，就对他说："算了，算了，我不想睡觉了，就陪着你值班吧。"

他说："我们值班是两小时一班轮流值的，我马上要下班了，接下来由接我班的人值了，你刚进来，没有你的份，你还是找个地方躺下眯一下吧！"

后来，在组长的帮助下，总算在通道边上觅到个可侧身躺下的铺位。由于天气闷热，心理压力又大，再加上房间里又没有安装空调，仅有一台吊顶式风扇在慢悠悠地转动着，它好像不堪重负，老是在唉、唉、唉地叹着气。当时的我，一时很难接受这个残酷的现实，感觉自己一下子从天堂跌到了地狱似的。

我看着房间内的环境和情景，心潮起伏、百感交集，我的大脑也随着电风扇叶的转动而慢慢地转动起来了。那一连串匪夷所思、令人不解的问号也渐渐地冒出来了：这 5 万元人民币到底是谁放的呢？那打电话举报我的人又到底是谁呢？他是怎么知道我办公桌抽屉放着 5 万元人民币的呢？那行贿人和举报人是否同一个人或是同伙呢？他们和我有什么深仇大恨，而要栽赃陷害、置我于死地呢……

在这半夜多的时间里，我根本没有合过眼，一直在反思回忆着我近年来，尤其是近段时间内，与他人有过矛盾与过节的事，包括朋友、同事及身边的人。我一个一个地、反复地、地毯式地排查着、搜索着，当排查到自己身边的两个女人时，我的头脑运转突然停止，并情不自禁地向自己发问道："难道是她们俩为报复我而干的吗？"

她们俩到底是谁？我又为何要怀疑她们俩？这事还得从去年年初说起。

去年伊始，洪溪镇党委决定对现有机关中层干部进行一次全面的整顿和调整，并明确规定，年龄超过50周岁的正职一律退下，年龄超过48周岁的副职也一律退下，对年龄虽然没有超限，但工作能力低、办事拖拉且没有积极性的也一律予以免职更换。并计划提拔一批学历高、素质好、办事能力强、有改革创新精神的年轻人，进入中层干部队伍中。同时还明确，此项工作由党委副书记名英和组织委员秋菊两人做好调整前的调查、排摸及考查等工作，拟好退下人员、免职人员及提拔人员的名单后，提交党委书记初审，然后再提交党委会研究决定。

半个月后，名英和秋菊把拟好的各类人员名单提交给我过目预审。我认真地审视了一遍后，拿起笔在拟提拔任用的伍明光和乌梅的名字上圈了个圈，然后对她们说："这两个人这次不适合提拔使用，因伍明光虽工作能力不错，在企业界也有一定的影响力，但他年纪偏大了，今年有四十六七了吧？这次老工办主任因50周岁而退下，新提拔的主任三年后又要被退下，如此频繁地更换镇工办主任，对全镇企业的稳定和发展不利，另考查一个吧！另外乌梅拟提拔为党政办主任人选也不行，她进镇机关时间还不足三年，上次提拔她任党政办副主任时，机关内就议论不少。她是你名英的外甥女，他们说我们党委用人唯亲不唯贤，还说你以权谋私，提拔自己的亲外甥女当党政办副主任。现在机关议论好不容易才平息下来，你这次又提出提拔她担任党政办主任，那机关上下难免又会再起议论风波，这样会使党委的工作被动，对你本人也会造成不良影响。再加上乌梅虽然是本科，文字功底也不错，但她的工作魄力、经验及协调能力还有待提高。党政办主任既要管理镇机关的大小事务，又要协调方方面面的关系，就目前来看，乌梅还难以担当此任。我建议这次对乌梅的提拔不予考虑，还是让她在副主任岗位上锻炼一段时间后再提拔吧！"

名英听了我否认提拔乌梅任党政办主任的话后，心里很不爽。她强辩道："乌梅是名校本科，全机关就她一人。现在县委组织部一再强调用人不能论资排辈，要放开手脚、不拘一格大胆起用高学历人才。我认为只要我们的做法是正确的，与县委组织部的口径保持一致，还怕什么机关议论呢？你说乌梅魄力经验欠缺，可以边干边锻炼呀！哪有人生来就具备当领导干部条件的，包括我们也一样，不都是在学习和工作中成长成才的吗？品书记，你还是考虑考虑我们拟的人选名单吧。"

"没什么可考虑的了，我刚才不是讲得很清楚了吗？工办主任和党政办主任人选重新物色，其他人选我没意见，同意提交党委会上研究决定。请你们抓紧时间补充这两个职位的主任人选名单，以便在下周一下午召开的党委会上讨论通过。"我不客气地向她们下了最后通牒。

当名英再次听到我否定乌梅任党政办主任人选的口气这么坚决时，自尊心严重受挫，心已凉了半截。她很不乐意地回答道：

"知道了。你品书记的话就是圣旨，我们哪敢不照办啊！"

第二天下午，我突然接到了江北模塑集团老总朱国胜打来的电话，说明天晚上5时30分，请我吃饭及当面向我汇报工作，地点是北山国际大酒店贵宾厅。我当时想都没想，就一口答应了。江北模塑集团是北山县的龙头骨干企业，年产值破亿元，位居全县五强。老总朱国胜还是县人大常委，在北山县有相当大的知名度。他请吃饭，作为镇党委书记的我来说，是肯定要给面子的。因为这不是单纯的吃饭喝酒，而是蕴含着政府与企业的联系和沟通，以及镇党委书记与企业家的思想交流和情感投资等。

次日傍晚，我提前到达国大贵宾厅。当我一踏进贵宾厅的门时，一下子傻眼了，厅内没有其他客人，只有老总朱国胜和名英、乌梅三人。我知道今晚这个宴会不是一般的吃请那么简单，而是朱、名、乌三人经过精心谋划的"鸿门宴"。早知如此，我就该借故推掉，可现在人都到达门口了，已没有退路了，只好硬着头皮进去了。

朱国胜、名英等一见我进来，慌忙站起身迎接，他们分别与我握手后，就立即请我在主客座位上坐下。桌上冷菜早已摆放就绪，热菜也相继陆续登场，用餐人数虽少，但酒菜都是高档次的，酒是贵州茅台十五年陈的，菜也是名牌菜，燕鲍翅齐全。开始大家相互敬酒，边吃边聊些客套之类的话题，继而朱国胜向我汇报了近期集团公司的运行情况及今后的发展规划和思路。

酒过三巡后，朱国胜便转移话题，进入今晚的主题。他笑着对我道："品书记，我听名英说，镇里这次要对机关中层干部进行一次大调整，这是很有必要的。它至少有两个方面的好处：一来可以通过整顿调整，去劣存优，纯洁、优化中层干部队伍；二来可以借这个调整机会，让一些高学历、高水平，且年轻有为的新人进入管理岗位，以增强镇机关中层干部队伍的动力和活力，提高办事效率。"朱国胜提起酒杯向我敬了一杯酒后接着又说，"品书记，我晚上向你推荐一个人，让她担任党政办主任最合适不过了，这个人就是名英书记的外甥女，现任党政办副主任乌梅。她学历高，又是名牌大学的本科生，文字功底扎实，头脑灵活、能说会道，是一个不错的人选，请你在这次调整中对她考虑考虑，尽量提拔重用她吧！"

对于朱国胜提出的事情，自我一踏进贵宾厅之时起，就猜测到了，所以也觉得没有什么奇怪和突然。但我确实感到很为难，答应他吧，不仅违背了自己的初衷，而且还会使机关议论再度泛起，使党委工作陷入被动；不答应他吧，朱总丢不起面子，下不了台阶，同时还会伤害了本人与朱总之间的关系。

我冷静地思考了一下后，觉得自己用人的初衷、原则、标准必须坚持，不能因名英等筹划的饭局而轻易改变。朱总那边自己以后再找机会单独向他解释说明罢了。于是我就当着他们三人的面表态道："乌梅确实不错，不仅学历高，而且还比较能干，是可造之才。但我打算这次不考虑提拔她，理由是她进机关时间短，至今还不到三年。去年提拔她任党政办副主任时，机关内部就议论纷纷，说她是名英的外甥女，镇党委任人唯亲不唯贤，给镇党委及名英本人均造成一定的被动和压力。现在议论刚平息一段时间，如果这次又提拔乌梅任镇党政办主任，难免会造成机关一部分人的反感，那议论风波会再度泛起，也不排除有人向上级反映举报，这不仅会对镇党委的工作造成被动，而且还会对名英及乌梅本人造成一定的压力和不良影响。所以，我的意见是这次不打算提拔乌梅为镇党政办主任，让她再锻炼一段时间，等到积累一些工作经验后再提拔，望朱总能体谅和理解。"

朱国胜一听自己的建议被我当面拒绝后，脸一下子拉长了许多。或许他认为名英求他帮忙之事只是小事一桩，只要自己放下脸面向我提出要求，我肯定会买账赏脸的。没想到我竟然不给他面子，且当众一口拒绝，他觉得自己很丢脸。他略冷静了一下后，转换口气对我说："品书记，我在洪溪镇办企业已近20年了，见过的镇党委书记起码有五六任，他们都很尊重我，尤其是你的前任书记，只要我有事向他提出，可以说是有求必应。像你今晚这样当场拒绝我的还是第一次碰到，怪不得北山政界的人都说你是固执己见、一根筋的人，果然如此。品杰书记，当今社会是关系社会、人情社会，你作为一个镇的一把手，不能自命清高，脱离社会现状，把自己封闭和孤立起来，成为另类之人，这样你会吃大亏的。你应该解放思想，顺应时代潮流，积极融入社会大环境中去。只有这样，你才能广交朋友、蓄积人脉，才能更好地理顺和协调好方方面面的关系。这不仅对你本人的发展和前途有好处，而且对我们洪溪镇的长远建设和发展都有益处。品书记，我刚才讲这些话的目的，是提醒和关心你，一切为你和洪溪着想，可能你不爱听。你晚上睡觉时静下心来，仔细地想一想我刚才说的这些话是否有理，是否符合当今社会现实。"

"谢谢朱总对我的关心和提醒，我会记住的。不过，我这个人确实有你刚才所言的明显缺点，就是比较固执、一根筋。对于自己认定的初衷和定下的规矩，既不会轻易改变，也不会因外界的影响和压力而轻易改变。我在处理任何事情时，只追究事情本身的是非对错，从不考虑个人的利弊得失，在我身上也印证了'江山易改，禀性难移'这句俗语名言。同时，我心里也很清楚，这是我工作中最致命的短板和缺点，我也曾多次尝试着改变一下，但一直没成功。不过，请朱总放心，对于你刚才的提醒，我回去后会认真反思的，对于一些非改不可的致命缺点，一定下决心逐步改进和克服。"我为了不使酒桌上的氛围搞得太过紧张，使朱国胜下不了台阶，最后违心地加了几句话。

"好，说得好！品书记说话如此谦虚让人佩服，其实任何人都有他的优点和缺点，只要知错能改就好。我们不是有句常说的名言，叫作'识时务者为俊杰'吗？喝酒，喝酒，品书记，我再敬你一杯。"朱国胜边说边举起酒杯又敬了我一杯。

我也豪爽地举杯一饮而尽后，随即倒上酒举杯道："名英，乌梅，我们一起敬朱总一杯。"我与朱国胜碰过杯后又一饮而尽。

……

事后，在党委会研究调整提拔中层干部人选时，我没有给朱国胜面子，乌梅仍然未被提拔。

此后，我与朱国胜、名英及乌梅等无意中产生了隔阂，结下了梁子。

所以，我当晚在思考排查栽赃陷害自己之人时，难免会怀疑到名英和乌梅，她俩都是我身边的人，有条件和机会随时进出我的办公室，如果她俩对当初没有提拔之事仍然耿耿于怀、怀恨在心的话，那采取卑鄙手段、暗中栽赃陷害我也不是没有可能的。

丁零零——一阵震耳欲聋的起床铃声突然打断了我的回顾和反思。这半夜多时间，我没有合过眼，全是在思索和猜疑中度过的。

三

这是我去年七一这天的不幸遭遇和痛苦经历，谁知命运会如此捉弄人，在事隔一年多后的今天，我竟会重蹈覆辙，又再次被他们无辜拉回这个令人厌恶、让人窒息的001房间。这一夜，又像去年七一那晚一样，又是一个痛苦的不眠之夜。

第二天上午，我们刚吃好早饭，大家有的在洗漱，有的在聊天，突然咔嚓一声，铁房门被打开。"品杰，提讯"。站在门外的一位检察官对着我喊道。

一会儿工夫，我被他们带到审讯室，他们叫我在被审席坐下，因这次不是突审，他们没有将我的双手铐在硬椅背上。审讯我的是一老一小两名检察官，老的大约有50岁，体型较胖，个子不高，大约有一米六。小的三十不到，体型较瘦，个子较高，起码一米七五以上。

一切准备工作就绪后，正式审讯开始了，那个年纪大的矮胖检察官开口问道：

"姓名？"

"品杰。"我答道。

"年龄？"

"1967年10月3日。"

"籍贯？"

"北山县。"

"民族？"

"汉族。"

"捕前职业？"

"国家公务员。"

"文化程度？"

"大学本科。"

"是否受过刑事或行政主罚？"

"被判有期徒刑五年。"

"品杰，你知道我们这次为什么要到监狱把你拉回来吗？"

"不知道，我也正想问你们呢。"

"品杰，你仔细回顾一下，除了你上次交代的受贿5万元人民币外，还有其他受贿情况没有交代清楚的吗？"

"不要再提上次了，一听你们提上次我就后悔和来气。明明是一桩栽赃陷害的案子，想不到我被突审了三周后竟糊里糊涂地编着供词招认了，后又被你们检察院给诉了，最后法院竟判我有期徒刑五年。我至今心里仍不服，家里人还一直在为我申诉着呢！你们现在又怀疑我有其他受贿案件瞒着没交代，还千里迢迢地跑到监狱把我拉回来侦查审讯，你们到底有完没完呀？"我很生气地答道。

"上次的案子都已经判了，也是你自己招供认罪、签字画押的，再说再怨已没有任何意义了。申诉是法律赋予你的权利，我们不会干预你的，你有理有据就尽管诉吧！这次把你拉回来是因你又涉及一个新的受贿案，因人数较多，可算得上是一个窝案。我们希望你能积极配合我们的侦查，如实地向我们交代问题，好吗？"那年纪大的矮胖检察官道。

"我可以明确地告诉你们，我什么问题都没有，什么案子都不可能涉及。你们若有证据就拿出来，再起诉我一次，若没有证据，请不要再折腾我了，赶快把我送回监狱去。"我愤愤地回道。

"品杰，情绪不要太激动，说话用词也不要太极端，有些事情因时间久了你一时想不起来也有可能，我们也能理解。为了方便你的回忆，下面我稍提示你一下吧！你们镇灵峰旅游开发项目搞竣工验收这天，因你到西南考察去了没有参加验收会，那你考察回来后，施工企业老总有无约你见过面及提过给你送红包之事？"那矮胖个子检察官又问道。

"一次也没有约过，更没有提过什么红包之事。因施工结束了，竣工典礼也开了，除工程余款结算外，他没有必要再找我们了。但工程款结算这一块是镇长负责的，他要找应该去找镇长。"我解释道。

"品杰，你要对你刚才说的话负责，这件事对你来说，本来不是什么大事，如果你认罪态度不好，不如实向我们交代问题，欺骗侦查审讯人员，那结果就不一样了，你自己要搞清楚啊！"那个年轻瘦高个子检察官提醒道。

"这个用不着你提醒，我会对自己的言行负责的。可我还是那句话，你们去调查吧，若查出有问题找我算账，若查不出问题的话，请你们赶快把我送回监狱去，你们这次平白无故将我拉回来，对我造成的影响和损失有多大，你们知道吗？"我反问他们道。

他们俩见我怒气冲冲的，就凑头嘀咕了一下后对我说："品杰，今天就问到这里吧，有事我们随时会找你的，现在我们把你送回监房去。"

送回监房的第二天，他们把我调监了，调到008房间，这是一间普通房，里面羁押着十五六个嫌疑人，北山县来的有五个，其中有两个还认识我，他们见我进来后就很亲切地喊我品书记，还问这问那挺关心我的。

这个组的组长名叫李天山，是西山人。他长期在北山搞经营，老婆孩子都住在北山，可算得上半个北山人了，他是涉嫌非法集资被抓捕的。他得知我也是北山人，过去还当过乡镇一把手时，觉得我不是个等闲之辈，便对我肃然起敬起来。

人家劳动都有任务，而且比较重，但他没有给我安排任务，叫我随便干，干多少算多少，在这里干的活儿是穿玛瑙珠。他一有空就喜欢跟我聊天，既向我了解过去在任时的有关情况，又向我了解在监狱里服刑的有关情况。我也不厌其烦地向他介绍、说明和解答，一回生，二回熟，我们俩一下子成为相互信任、无话不谈的好朋友。

晚上睡觉时，他把我的床位安排在第三铺。因一铺、二铺是正副组长的床位，第三铺也算得上是贵宾铺了。

伙食方面几个老乡对我很照顾，因我刚被拉回来没几天，家里人还来不及给我送东西进来，两位原来就熟悉的老乡把我拉过去与他们搭伙，当日晚餐时，他们把储存在那里的最好食品拿出来为我接风，李组长也带着自家好吃的食品过来凑热闹，大家一见如故，边吃边谈，十分开心，并用饮料代酒，你敬我、我敬他，异常兴奋和热闹，并有相见恨晚的感觉。其间，他们出于对我的关心和担心，多次问我道："这次检察院反贪局为什么要到监狱把你拉回来？你是否还有什么案子未了结？"

我对他们的回答是："我也感到非常莫名其妙，不过，请你们放心，我不会涉及什么新案子的，可能是配合调查吧！"

时间已过去了个把月，又是他们两个检察官来提讯我，那个矮胖个子问我道："品杰，你从西南考察回来后，施工企业的项目部经理隙老三有无代施工企业老总转交给你一个装有 3 万元现金的红包？"

"根本没个影儿的事，你们听谁说的？是不是那个臭名昭著的隙经理在你们面前胡说八道？"我心情激愤地问道。

"品杰，你这么激动干吗？你先听我讲，竣工验收那天你考察去了，那晚你没有和他们一起聚餐。他们聚餐结束后，施工企业老总为了感谢你们镇及县有关单位部门领导对他企业的关心和支持，把参加聚餐的你们镇的领导，还有县发改委、城建局、水利局、旅游局的领导等带到隔壁的娱乐城喝茶、唱歌。就在大家尽兴娱乐期间，企业老总分发给每个人装有 3 万元人民币的红包各一只，因你那晚不在现场，施工企业老总就把送给你的红包交给了该企业项目部经理隙老三，叫他等你回来后再转交给你。我们多次做了隙老三的笔录后，他都一口咬定在你考察回来的第二天上午，在你的办公室里，他把这个红包已转交给了你。我们现在是找你核实的，你却说根本没有这回事，这很显然，你和隙老三两人中，肯定有一人在说谎。"那个矮胖子检察官道。

"我可以肯定，这个红包是隙老三侵吞去了，我听项目部的人讲，他是一个唯利是图的'小人'，什么缺德事都做得出来，你们一定要彻查此事，不要再冤枉无辜之人了！"我回答道。

"这个你放心，我们肯定会查清楚的，但我们现在也提醒你一下，若你已收过此红包，还是早点承认为好。你反正已经坐牢了，这区区3万元钱，是不会对你造成什么大的影响的。你若一再抵赖、隐瞒、对抗审查，最后查实确有此事，那结果就不一样了，你可要考虑清楚呀！"那个瘦高个子检察官提醒道。

"隙老三的话你们也会相信，他是个不讲义气、不守诚信、见钱眼开的'小人'。我估计他对公司老总说这个红包已转交给我了，而实际上他自己占有了，他是大家公认的棺材里手——死要钱的人，你们千万不可相信他的胡言乱语啊！"我情绪有些激动地回道。

"品杰，这个你放心，我们一定会把此事查个水落石出的。上午先讯问到这里吧！现在把你送回监室去，但我们也不可能光凭你刚才的辩解就消除了对你的嫌疑，你回去后同样要回顾反思，到时我们还会提讯你的。"那个瘦高个子道。

时间转眼已过去了两个多月，检察院反贪局这两位工作人员又来提讯我。当他们把我带到审讯室时，只见隙老三早已坐在那里，我心里估摸着，今天可能是检方安排我们俩当面对质了。

我按指定位置坐好后，反贪局那个矮胖个子先发言道："根据案子侦查进展的需要，今天安排你们当面对质，因你们对施工企业老总叫隙老三转交给品杰的内装3万元现金的红包，说不清、道不明，一个说已交给对方了，一个说根本没这回事。今天我们把你们两个都叫来，当着我们检察院反贪局人员的面，把这个事情对质、辩解清楚。希望你们实事求是地讲，这房间里的监控是全程录音录像，同时我们的现场记录员也会对你们的一言一字都记录在案。隙老三，你先说吧！"

"好的，"隙老三道，"工程验收这天，品杰外出考察去了，那天晚上聚餐结束后，我们公司老总把参加聚餐的人都邀到娱乐城唱歌，为了感谢洪溪镇的领导及县级有关部门的领导对我们公司在工程建设中的重视和支持，老总送给他们每人内装3万元现金的红包各一只。在场的人当场推辞了一下后都拿走了，品杰不在现场，公司老总就把送给品杰的红包交给了我，叫我等品杰回来后再转交给他。过了四五天吧，在品杰回来的第二天上午，我特地到镇里找他，等到他办公室里无其他人时，走到他的办公室，先客套了几句后，就把这个红包转交给了他。他当时愣了一下，并问我方主任、李局、判局等都拿了没有，我说他们都拿了，品杰当时说了一句'你们这个李总真有意思'后，就收下了这个红包。整个过程就是这样，我所讲的句句属实，请你们相信我。"

"你当时交给品杰红包时有无其他人在场，或事后有无对其他人讲过此事？"那个矮胖检察官追问道。

"没有，我是特地趁他办公室无人时进去转交给他的。事后我也没有同任何人讲过此事，收取红包是违纪违法的，我不可能告诉其他人的。"隙老三补充说明道。

"好了，接下来轮到品杰辩解了。品杰，你对刚才隙老三的说辞认同吗？若有异议，请辩解。"那个瘦高个子道。

"好的。隙老三你真会编，而且还编得如此圆满逼真，你歪曲事实、无中生有、含血喷人，真是个没有一点儿人性的人渣。我考察回来的第二天上午，你根本没来过我办公室，更没有向我转交过红包。"我盯着隙老三的眼睛看了一回，接着又道，"隙老三啊隙老三，你这个人真是无药可救了，什么事都做得出来，什么话都讲得出来，你的心真是好歹毒啊！"

"检察官，请你们相信我，我确实已把这个红包转交于他了，他这是在抵赖和狡辩，你们不要相信他的话。"隙老三道。

"隙老三，你叫我们相信你的话，你有证据或有证人吗？如果你没有什么证据或证人的话，单凭你个人的说辞，我们怎么能信以为真呢？"瘦高个子反问道。

"请问检察官，你们说我讲的话没有证据或证人就不相信我，那品杰讲的话有证据或证人吗？为什么你们不信我的而信他呢，这公平吗？"隙老三反问道。

"隙老三，你认为这样胡说八道、诬告陷害我的阴谋就能成功？你太天真了。我现在可以当着检察官的面明确告诉你，我刚才所说的话，是有足够的证据可以做证的，而不是瞎编胡说的，因为我的办公室里早已安装上了隐形摄像头。为什么要安装呢？因为我们镇里近年来上马的重点工程较多，施工方的老总、项目经理等经常来我的办公室向我汇报工作、反映情况等。他们有时还带些烟酒及红包之类的东西送给我，虽然我都拒绝了，但怕时间长了说不清楚，就叫人偷偷给我安装了一个隐形摄像头。而且为了保证监控摄像资料长时间有效，我每隔三个月就更换一个硬盘，现在这些硬盘还都存放在镇档案室里，包括 2008 年 8 月 23 日上午，即我考察回来的第二天上午，你有无来过我办公室，有无转交给我红包之事都记录得一清二楚，只要检方到镇档案室里拿出这些硬盘验证一下，就可把此事查得清清楚楚、水落石出。隙老三啊隙老三，你自己拿了就拿了，你又何苦要昧着良心去诬告陷害他人呢？"我严厉地质问隙老三道。

当隙老三一听我说我的办公室里早已安装了隐形摄像头，资料还保存在镇档案室里时，先是一惊，脸色立即变红又转紫，随后额头上冒出一颗颗绿豆大小的汗珠来。但他为了掩盖心虚，便故作镇静道："品杰，你把我当作三岁小孩呀！你想骗我、吓我有这么容易吗？你既然说所有的监控资料都保存在镇档案室里，那你早该叫反贪局人员去取来做证罢了，那检方下午又何必多此一举搞当面对质呢……"

对于我们两人的对质、对话及辩解，在场的两名检察官一直在十分认真地关注着我们的言辞及表情变化。或许他们觉得我的表情稳重正常，说话理直气壮，不像是在说谎；而隙老三的表情变化反复无常，有时说话吞吞吐吐前言不搭后语，虽然他表面上强装镇定自如，而实际上他的内心是极度紧张和空虚的，说话的底气也明显不足，并带有几分恐慌和颤抖。我们两人中到底谁在说谎，两名检察官心中应该已明白，至于我提到办公室里装有隐形摄像头之事，到底是真是假，虽然他们心中不大清楚，但我的做法足以让隙老三现出原形。

"好了，好了，你们俩已当面对质过了，情况我们也基本清楚了。品杰，我们先送你回监室，隙老三继续留在这里交代问题。"那个瘦高个子检察官道。

在回监房的路上，我向矮胖个子检察官要求道："检察官大人，我在这里已有很长时间了，实在等得有些不耐烦了，请你们商量一下，赶紧把我送回监狱去吧！"

"品杰，你急也没用，因这桩案子涉及的人数比较多，而且还会牵出案外案，要等到所有涉案人员把问题都交代清楚了，你本人也没有涉及此案后，我们才可把你送回去，你还是耐心等待吧！"矮胖个子检察官回答道。

大约两个月后的一个晚上，我刚吃过晚饭和组长们在一起聊天，突然监房门被打开，"品杰，晚上调监室。"一个检察官在门外喊道。

"怎么又调监室？把我调到哪里去？"我没好气地反问道。

"调012监室，快收好随带物品及生活用品等，10分钟后过来带你。"检察官说后走了。

我的情绪一下子变得很差，组长及两名老乡也很无奈，他们一边安慰我，一边帮我整理食品、物品及日常生活用品，以便检察官来带我时出行。

十几分钟后，检察官把我送进了012监室。这个房间也是普通房，因这两天相继转出去了三个人，所以晚上一下子又新安排进来三个人，我是其中的一个，还有两个较我早一步到达。

这个组的组长是南方人，进来之前是做生意的，四十开外，中等身材，罪名是合同诈骗罪。他能说会道、笑里藏刀，诈骗相十足。

他见晚上小组里一下子进来三个新人，有点亢奋起来，想摆摆场面，显显自己的威风，让大家见识见识他的能耐和厉害，同时也想借机占点便宜捞点油水。于是，他对坐在他对面的副手道："老二，今天晚上一下子进来三个人，我们还是按老规矩，对他们搞一次预审，了解了解他们都是什么地方人，犯些什么罪进来的。也是由你主持，由我审问吧。"

"好的，大哥，那现在就开始吗？"老二问道。

"可以，那就由你指定，哪个先审。"组长道。

"那就先审这个小孩吧！"老二用手指着那个小男孩道，"你快到我们组长的面前蹲下，听候组长的审问，组长问什么，你答什么，知道吗？"

小男孩没有回答，但还是按老二的吩咐走到组长面前蹲下，听候组长的审问。

"你是哪里人？叫什么名字？今年几岁了？"组长问道。

"江阳人，叫王小虎，今年 16 岁。"小男孩答道。

"你犯什么罪进来的？"组长继续问道。

"我犯……犯……"

"你犯什么罪进来的都讲不清楚，你脑残啊？"老二听得有些不耐烦了，便抬起右腿向小男孩的屁股踢了一脚，把没有提防的小孩踢得扑倒在地。

"快讲，再讲不清楚我开始踢第二脚了。"老二催逼着小孩道。

"我犯强奸——噢……轮奸进来的。"小男孩红着脸，吞吞吐吐地道。

"好厉害的小子，小小年纪竟轮奸妇女，你比我都还要厉害，我只是强奸，你还轮奸，你竟然成了我的师父了。"老二半开玩笑半讽刺道。

"你们一共几个人轮的？又是怎么被抓住的？"组长继续问道。

"我们五人一个一个轮的，老大轮第一个，我轮最后一个。我们刚回到宾馆时，就被公安抓了，听说是那个被轮奸的人报案了。"小男孩回答道。

"好了，审明白了。这个小男孩年纪轻轻就轮奸妇女，真是罪大恶极。本庭判决如下：判小男孩罚金 500 元，若交不出钱来，就大刑伺候，打他五大板子。"组长发话道。

"小孩，你卡上有 500 元钱吗？你交得出钱就不打你了，你交不出钱，我就要动手了。"老二逼着小孩道。

"我卡上哪有钱呀？一分都没有，你们放过我吧！"小男孩恳求道。

"这不行，没钱就放过你，那我们审什么呀？如果下面两个都学你一样，都说没钱，我们不是白审了吗？我再问你一句，到底有没有钱？"老二逼着小男孩道。

"我真的没有钱，你们就是打死我，我也交不出钱，还是饶了我吧，求你们了。"小孩向他们乞求道。

"老二，不要再同他废话了，用刑吧！"组长催道。

"是。"老二边答边从床底下拿出一块厚厚的木板来，朝着小孩的屁股打了下去，把蹲在那里的小孩打了个嘴啃地。

"不要再胡闹了。"站在一旁的我再也看不下去了，我跳出来怒斥他们道，"你们又敲诈又打人，真是无法无天了。你们刚才的所作所为是犯法的，是要加罪加刑的知道吗？"

"哎哟，你是谁呀？在 012 房间有你说话的份儿吗？你的屁股也痒起来了想打几下是吗？这位大哥，你不要慌，慢慢来，迟早会轮到你的。老二，继续。"组长发话道。

"我再重申一遍，你们这是在瞎闹，一个小组长还预审组员，你有这个资格和权力吗？你们这是在敲诈勒索你知道吗？竟然还用这样厚的板子打这个小孩，他受得了吗？如果把他打伤、打残了，你们这些人统统都要加刑。"我边说边上前把蹲在地上的小孩拉到自己身边，然后又对他们说道，"谁敢再动手打小孩，我就立马报告警察叫他处理谁。"我一边威胁他们并慢慢退到门边，一边偷偷地按下了安装在门上的报警器。

"你算哪根葱呀？敢与我组长作对，敢破坏我们组里的规矩，真是狗胆包天。老二老三，你们一起上，好好教训教训这个多管闲事、目无组长的家伙。"

"是。"老二应答后，便举起木板走在前头，老三紧跟其后，向着我冲杀过来。

我见他们向自己冲过来后，不仅没有避退，反而迎了上去，并顺手抓住老二那只提木板的手，借势用力往后一拉，因惯性原理，老二身不由己地向前俯冲过去。只听啪啦一声，老二的头和木板均撞在铁皮门上，他只觉得额头一阵钻痛，用手一摸，竟然撞破了头皮，还流出鲜血来。

我乘机夺过老二手中的木板，转身退到安全位置，背靠墙壁，对着他们怒吼道："你们给我听好了，现在木板在我手中，谁敢冲上来，我就砸谁。告诉你们吧，我刚才已按了报警器，警察等下就来了，你们这帮人等着受处理吧！告诉你们吧，我原是北山一个镇的党委书记、县人大代表，北山县公检法的一、二把手，我不仅都认识，而且有的还是我的好朋友，你们跟我斗会死得很惨……"

正当我向他们喊话并发出警告时，突然监室的门咔嚓一声被打开了，只见管教和另一名警察，手里拿着橡皮棍和手铐进来了。

"指挥打架及参与打架的人自觉把手伸出来。"管教向他们怒喊道，"老领导，你是好样的，我们在监控录像里看得很清楚，他们这帮人不仅胡闹、敲诈，而且还动手打人。是你主持公道、伸张正义、及时出手制止他们的，你做得很好，我们给你申请表扬奖励一次。"

管教说罢就打开手铐，将他们三人的各一只手互铐在一起。临走时对我说："这三个家伙犯了大错，我们对他们重处理后就不回这个监室来了。可这个组没有组长不行，老领导，辛苦你一下，由你临时代理这个组的组长吧！请你不要推辞，这也算是临危受命吧！"

随后，李管教又转身对其他组员道："你们都给我听好，从现在开始，这位新来的品杰，就是你们组的组长，今后在学习上、劳动上、日常生活上，都要听新组长的安排，知道了吗？"

"知道了。"大家异口同声地回答道。

管教交代明白后，就带着他们三人出监室了。

我也哭笑不得，又不好当着全体组员的面拒绝管教的安排，只得很无奈地当起了这个有责无权的"弼马温"小官来。

时间又过去了近两个月，反贪局的人员开始还偶尔找我谈过几次话，但近半个月来一次也没有找过我了。我想去找他们谈话，又不方便，也没地方找，只好在里面苦等着。

一天，我正在为此事烦恼而无助之际，突然听到走廊中有人在喊："要测血压的人请注意，现在就向组长报名登记，等会儿统一带你们去医务室测量血压。"

我一闻此言灵机一动，随即把自己的名字报了上去。分管我们监室的管教的办公室就在医务室隔壁，我想借此机会去找管教说说话，了解了解案子的进展情况。若方便的话，请求管教帮我同反贪局那边打个招呼，叫他们早日把我送回监狱去。这个管教我本来就相当熟悉，他原来曾在我们镇派出所工作过，是个讲得上话的人，再加上这次他叫我担任012房间的临时组长后，接触的机会增多了，我们俩的关系也密切了许多。

我们一行十几个人，被看守所民警带到医务室后，因测血压的人多，而测量的医生只有一个，大家只好排长队等候。这正合我心意，我就直接去医务室隔壁间找李管教去了。

李管教见我来找他，就很热情地接待了我，还专门为我沏了一杯绿茶，叫我坐下边品茶边聊天。聊了一些客套话后，我就开门见山地向他说明来意道："李管教，我自被检察院反贪局拉回至今，已有七八个月了，他们讯问来讯问去又讯问不出什么名堂来，尤其是最近一阶段连提审都没提过了，我也确实等得有些不耐烦了。想去找他们又不方便，也不允许，我今天来找你的目的，是想通过你帮我与他们沟通一下，如果案子搞得差不多了，叫他们近日就把我送回监狱去，监狱与这里相比，那边相对自由一些，活动的空间也大一些。另外，我若能早日回去，考核分也会少损失一些，我被拉到这里后，监狱里是不会给我考核分的。考核分的多少，对我今后的减刑或假释影响是很大的，所以我心里很着急，巴不得能早日回去。"我抬头望着李管教又道，"李管教，你若方便的话，那就请你帮我同他们打打招呼吧，若不方便的话，那就算了。"

"这个倒有些不方便，检察院反贪局正在对嫌疑人侦查审讯期间，我们是不能干预及打招呼的。你刚才说已待了七八个月了，我估计结案的时间也快了。既来之，则安之吧，或许再过几天他们就送你回去了。"李管教安慰道。

"没关系的，我能理解你的不便，我再安心等待吧！李管教，那边测血压的人不多了，我现在就过去测血压吧！"我向李管教告别道。

"那好吧，你在里面如果碰到生活上有什么困难和问题的话，就直接按铃找我吧，我会帮你解决好一切的。"李管教关切地道。

……

又过了个把月，我仔细算了一下，从监狱拉回到现在差不多有 10 个月时间了，可检察院反贪局那边对我还没定论，他们最近又偶尔过来找我了解一些情况及核实一些细节，还劝我不要焦急，说我反正坐牢了，不管在哪边都一样，如果最后查实我没有问题的话，他们说可以给我出个证明，并按月给我打好考核分，待我回监时一起带过去，监狱那边会认可的。对于他们的话，到底是真是假，我不清楚，但我也很无奈，只这样罢了。

转眼又过了一周的周二下午，房门突然嘎啦一声被打开，检方又来提讯我了。他们把我带到审讯室后，那个矮胖个子检察官道："品杰，这次我们把你从监狱拉回这里，是出于配合案子侦查的需要，你们洪溪镇灵峰旅游开发项目，在竣工验收时出现了集体受贿窝案，涉案人数有十几个之多。当然，根据证人及行贿人的交代笔录，开始你也涉及此窝案，所以，我们才把你从监狱拉回这里侦查讯问。现经查实，你并没有涉及此窝案，因当初施工企业老总叫隙老三转交给你的红包，他没有转交给你，而是他自己私吞了。至此，该窝案经过我们近一年时间的侦查，终于查得水落石出了，接下来就要进入到起诉及审判环节了。因你未涉及此窝案，也没有必要再待在这里了，经请示局领导同意后，准备下午四时出发，把你送回监狱去。等下我们把你送回监室后，你抓紧收拾一下行装，与组员们告个别，等待我们通知你出发。"

"那请你们答应给我记考核分及打证明的事不要忘了。"我向他们提要求道。

"这个请你放心，我们答应你的事不会食言的，肯定会一并带过去的。"那个瘦高个子检察官道。

回到012房间后，我先整理了行装，然后再召集组员开了一个告别会，告诉他们下午4时，自己就要离开看守所回监狱了。他们虽然有些不舍，但都为我没有涉及新案子能平安回监感到高兴。

下午4时许，监房门突然被打开，检察官准时出现在我面前。他们将我戴上镣铐后带出监房，押上警车，然后由两名检察官押送，警车先驶出看守所大院，再驶向高速公路，并鸣着高亢激昂的警笛、迎着绚丽多姿的晚霞，飞快地向江北黄龙监狱进发……

第六章　劫后新生

一

傍晚时分，夕阳的余晖把天边的云彩染得一片通红。北山检察院送我回监的警车，迎着绚丽多姿的晚霞，于五时许抵达江北黄龙监狱。两名检察官按常规办理好相关交接手续后，由五大三的曹管教把我接回中队的生产车间。

同犯们看到我回来后，都用不同的方式与我打着招呼。聪德、天霸、老王等几个好兄弟不约而同地赶过来与我握手、拥抱，还嘘寒问暖，亲切有加。这真是"有朋自远方来，不亦乐乎"。当然，他们最关心的是我有没有被加刑。

我告诉他们道："我这次被拉回去的原因是我原来工作过的乡镇出了一个受贿窝案，涉及党政领导干部多达十几人，他们这次拉我回去的目的是配合调查，我本人一点屁事都没有。"他们听后感到很高兴，庆幸我平安无事归来。

过了一会儿工夫，车间的收工铃响了，我也和大家一起下了楼，当班领导曹管教整了队、搜了身、讲了话后，就领着大队人马，走着队列回到了监房。

到达二楼大厅时，聪德告诉我，学习一组正好有个空床位，原床主昨天刑满释放回家了，故空着，他叫我去向曹管教说一下，要求住回一组去。

我立即去找曹管教，并向他说明来意，曹管教很爽快地答应了我的要求。于是，当晚我就住回了原一组。

吃晚饭开始了，聪德、天霸都把藏在储物箱里最好的食品、饮品拿出来为我接风洗尘，隔壁组的老王也带着食品过来了。这个晚餐很丰富，有猪蹄、鸭腿、鸡翅、牛肉、鱼干、五香蛋等，大家以饮料代酒，敬我平安归来，最后大家互敬互喝，开心不已。

晚上学习结束后，我们四人又坐在阳台上聊天、交流。聪德先开口道："你去后的10个多月里，我们分监区无论是警官层面，还是骨干犯层面，人员变动很大。指导员调走了，听说他调到五监区任监区长助理兼管教股股长，有人说他提拔了，有人说他是平调，也有人说他是明升暗降，但到底怎么样，我们也搞不清楚，也懒得管这些闲事。现在的指导员姓宋名岗，是从五大五中队长岗位上调任过来的。还有李队被调到大队当干事去了，王队被调到五大四去了，听说也提拔当管教了。改积会主任自你被拉回去后，由车间总检风华茂接任你的职位，他这个人除了魄力上欠缺一点外，其他各方面都很不错，同我们几个人的关系也都挺好的。还有征文组组长已刑满释放回家了，接替他的是五队交流过来的姓陆的职务犯，这个人原来也是一个正科级的公务员。"

"你回来了，按理说这个改积会主任应该还给你当，因你这次拉回去只是配合侦查，没有犯新罪加刑。"天霸打断聪德的话，冲我说道。

"天霸，这话不能乱说的，如果被华茂听到认为我还想与他争主任当呢！我这次通过在看守所这 10 个多月时间的反思和总结后，把一切都想明白了。我们犯人就是犯人，不管你干什么活，担任什么职务，做出多大的贡献，都改变不了犯人的身份，我已看淡、看透这一切了。我现在的最大心愿是：只要能平平安安地改造，天天能和你们几个好兄弟相聚在一起，就心满意足了。"我心有感触地道出了心里话。

"你说得有理，好兄弟比什么都重要，但我有个担心，现在我们在里面是好兄弟，那出去以后还是好兄弟吗？你品书记是当官出身的，你所交往的人都是当官的人，而我们是老百姓，是社会上最底层的人，你出去以后还会认我们做兄弟吗？"天霸说出了藏在心底里的疑虑。

"你这个傻瓜，我出去后怎么会不认你们做兄弟呢？你知道外界社会的交往都是些什么交往吗？我可以告诉你们，外界社会上的交往除极少数有真感情外，大多数都是有目的和所图的利益之交。比如官场之交图的是权力，商场之交图的是钱财，市民之交图的是小利，实际上这些交往都是极其自私、虚伪和一文不值的伪交往。一旦一方失去了对方所图的交往价值后，那另一方可能翻脸比翻书都还要快，立马跟你拜拜了。依我看，最假、最虚伪的交往是上层的官商之交；最真、最踏实的交往是农村或山区一些善良纯朴平民的布衣之交和在逆境中同甘共苦、相依为命的患难之交。我们的交情是属于最后者，是一种纯粹无私、不图利益、只图付出的手足之交和患难之交。所以，我们无论今日在墙内还是日后出去在墙外，都要永远牢记与珍惜这段难忘的经历和往事，永远成为互相信任、同病相怜、患难相依、生死与共、不是亲人而胜过亲人的好兄弟、真朋友。"我发自内心地说道。

"你这么说我就放心了，我是家里的独生子，没有兄弟姐妹，挺可怜的。这次坐牢有运道结交了你们这三位好兄弟，使我出去后不再孤独了，我们可以经常聚在一起喝喝酒、吹吹牛皮，多好啊！这个牢坐得值啊！"天霸十分开心地道。

"我们确实是患难之交的好兄弟，无论是在里面还是外面，永远都改变不了这个事实，永远都是最亲密、最信任、最要好的兄弟。"老王接着天霸的话题道。

"对，对，对，你们说得都没错，同是天涯沦落人，患难之交胜亲情。以后我们都出去后，先到我家聚会，我家地窖里埋着三坛十八年以上的女儿红，准备嫁女时用的，先打开一坛，给兄弟们品尝。"聪德插话道。

"那太好了，我同意先到你家喝女儿红。不过，听你这么一说，我现在就想喝，那如何是好？你可否叫你家里人想办法先送点进来让我解解馋、享享口福。"天霸天真地说道。

……

第二天出工到车间后，劳动大组长草天武过来给我安排落实劳动岗位，他知道我的特长是编号，但目前编号岗位人员已满，他就安排我协助其他编号员编号，没有给我劳动任务，随便编，编多少算多少。我心里明白，这是劳动大组长草天武特殊照顾我的。

晚上收工回到监房时，老王又不知道从哪里搞来好多好食品，没开饭时他就拿着食品坐在一组等候，这餐又碰到公家菜是红烧肉，兄弟四人又大干起来。正当大家吃得开心高兴时，突然改积会风主任跑过来在门口喊："品杰，梧中叫我通知你，吃过晚饭后把衣物、食品、生活用品等整理一下，晚上你要调监。"

风主任的一番话，犹如晴天霹雳，砸得我们兄弟四人眼冒金星、晕头转向，使刚才那开心热闹的场面和氛围顷刻间降至冰点。他们三人均不约而同地把目光盯着我道："品书记，这到底是怎么回事呀？你昨天刚回来，今天就要被调监，这到底是谁搞鬼呀？他们为何要活生生地拆散我们四兄弟呀？他们到底要把你调到哪里去呀？我们真的舍不得你离开啊！"

"我也不知道会这样，我也舍不得离开你们这几个好兄弟呀！我在北山看守所时，日夜盼望他们早日把我送回监狱与你们团聚。想不到好不容易回来与你们相聚了一昼夜，又要被拆散了，真是天意弄人啊！既然如此，我们做犯人的除了无奈和服从外，还有什么办法呢？但是，你们也不要太悲观和沮丧，不就是调个监吗？有什么大不了的，他们虽然把我们人隔开了，但我们的心是永远连在一起的。我估计他们不会把我调出五监区的，我们以后碰面的机会还是有的，即使没机会碰面，我们可以写信联系交流呀！我刚才不是说过吗？不管在哪里，我们都是最好的兄弟。况且我们的刑期都是有限的，再过一两年，我们都会陆续出去了，我们都自由了，我们相聚的机会多的是，到时我们可以一起谈天说地、吃喝玩乐、谋生创业，重新振作精神，重新规划人生未来。我们现在的分离是短暂的，没有什么了不起的，我们的大好时光还在后头呢！"我耐心地劝慰他们道。

"品杰说得对,我们不能不堪一击,一听品杰调监,就愁眉苦脸、眼眶湿润、失魂落魄似的。我认为分离不是永别,而是重逢之母,让我们将过去的美好时光和难忘经历埋在心底,共同期待和迎接下次的重逢。我们要振作起来,收起泪眼和苦脸,高调欢送品书记调监。"聪德鼓励大家道。

晚餐毕,他们一起帮我整理行装,叠衣服的叠衣服、拿东西的拿东西,忙个不停。同时,他们怕我调到其他中队去,人生地不熟的,若缺吃少穿的话,被人家看不起,就把各人自己储物箱里的最好食品、饮品及生活用品等都拿出来给我带上。虽然我一再推辞拒绝,但最终还是装了满满的两个储物箱,看着他们这样深情地待我,我也只好盛情难却地接受了他们的心意和物品。

过了一会儿工夫,风主任又过来叫我去大厅等候,还叫聪德、天霸、老王等一起,把我的两只储物箱也搬到大厅去,同时还告诉我,调监的地点是五大七。

五大七的位置是五大三的前前幢,中间隔着五大五和五大六同住的一幢房子,虽说距离不远,仅有一幢房子之隔,但对于没有自由的犯人来说,却不是这么一回事了,犯人身不由己,各方面限制太多,隔楼如隔山,要想见面是很难的。

二

晚上7时左右,值班中队长梧文高及改积会主任风华茂,带着我及陪送的一班人员到达了五大七二楼大厅,当班的管教见梧中亲自过来很热情地接待了我们。梧中向他简单地介绍了一下我的基本情况后,再安慰了我几句就带着送我过来的几个同犯兄弟准备回五大三去。临别时，聪德、天霸、老王三人见我一个人留下，心痛不已，目光紧盯着我不肯移开，直至华茂主任多次催促才依依不舍地离开。目睹此情此景，我百感交集、痛苦万分，竟情不自禁地流下了心酸苦楚的眼泪。

梧中他们走后，五大七的管教喊来该队的改积会主任，他们商量了一下后，改积会主任把我带到学习三组"安家落户"。我告诉他我患有高血压，他叫组长把我的床位安排在下铺。

第二天上午出工到车间后，我发现五大七不是做西装的，而是做衬衫和休闲裤的，这使我感到很意外和失望。理由有二：一是衬衫和休闲裤自己没做过，业务陌生，容易出差错。二是无缘再与昭君聚首。若这里也做西装的话，五监区所有西装生产业务都是昭君公司放在这里加工的，她必定会经常性地来这里指导和检查生产，我不仅能碰到她，而且遇到困难和麻烦时，还可以找机会向她倾诉。

过了一会儿，劳动大组长来给我安排劳动岗位了。他名叫牛皮，绰号牛二爷，中等身材，脸上长满了横肉，说起话来凶巴巴的。他是个纨绔子弟，父亲是河东国际大酒店的总裁，家里挺有钱的。他在外面时，是一个在当地颇有名气的阔少，仗着其父的经济基础和社会地位，结交了一帮狐朋狗友，且横行乡里、无恶不作，干尽了坏事、丑事、风流事。前年元宵节期间，他因聚众斗殴致人重伤后被抓，后被法院以故意伤害罪判了六年有期徒刑。进监后，他又仗着其父的人脉关系，没几个月工夫就当了五大七的劳动大组长。

他见到我后，盯着我上下打量了一番后道："你就是品杰，就是上年把我的好朋友萩似桧送进严管队的那个赫赫有名的品杰，今后我得好好地提防你呀，要不然，你把我也送进严管队去那就惨了。不过，五大七不是五大三，我牛皮也不是萩似桧，我明确告地诉你吧，五大七的犯人世界，由我掌控，一切由我说了算，包括改积会主任，也要听我的。你如果不听我的话，与我作对，我会让你活得很惨，死得很难看的。"

牛皮初见我时就说了一大堆提醒、明示并带有威胁性的话，其目的是想给我一个下马威式的警告。可我也不是等闲之辈，我的性格脾气是越硬越不怕，固执一根筋的。我听了牛皮的见面话后，心里很是不爽，便用认真且带严厉的口吻回答道："听你刚才这么一说，原来牛大组长在五大七是个叱咤风云的大人物，往后请多多关照。但是，我这个人也有个怪脾气，就是爱多管闲事，敢打抱不平。如果日后你牛大组长处事不公，无故欺侮我本人或其他弱势同犯时，我会站出来为自己或同犯讨回公道的，到时若得罪了你牛大组长，还请多多包涵。"

"听你这么一说，我牛皮真的遇到对手了，那我们以后走着瞧吧！"牛皮抬头望着我并点了点头接着道，"我们后话暂且不说，还是言归正传吧，我早上过来是给你安排劳动岗位的，我本来是想给你安排在小烫岗位的，但现在改主意了。我考虑了一下，你们五大三是做西装的，我们五大七是做衬衫和休闲裤的，你刚到这里，对这里的业务一点也不熟悉，还是先做个清洁工，专职打扫车间卫生吧！你的劳动任务是除车间的大平台及几条主干道由专门拖地的卫生员负责清洁外，车间的其他小通道及那些转弯抹角处、大拖把不能拖的地方，都由你负责清扫。我对你的要求是：

每天要在车间内来回清扫，你的清扫责任区域内，全天候干净卫生无垃圾，你听清楚了吗？"

"听清楚了，我会尽力而为的。"我回答道。

"那跟我一起到仓管那边领工具去吧。"牛皮道。

"好的。"我边答边跟着牛皮到仓管员那边领了扫把、拖斗等劳动工具后，就进入了自己的角色，正儿八经地扫起地来。

但令我不解的是，我无论扫到哪条小通道，两旁的人总是用异样的眼光看着我，还时不时地听到他们在轻声议论着什么，我虽然听不清他们议论的内容，但我总觉得他们议论的内容与我有关，我认为这是一种不正常的现象。

上午做完工间操去上厕所时，我隐约看到不远处的小岗亭内有个熟悉的影子坐在那里，我先是一愣，后定睛一看，心里一惊："这不是原来五大三的生产副方丙权吗？他怎么也调到五大七来了呢？"

吃过晚饭，五大七也和五大三一样，服药人员饭后自带开水杯到大厅排队领服药，当我拿着茶杯刚走到大厅时，突然有个人过来跟我打招呼，他说他也是北山人，名叫祝一清。他还说他认识我，是在电视里看到我后认识的。他还告诉我，他住宿在学习五组，与我仅一间之隔。他还反复地问我，有无缺什么东西，若缺什么，尽管开口，他会给我送过来。

我告诉他说："老祝，认识你真好，我这次带过来的东西很齐全，什么都不缺，谢谢你的好意。"

最后他偷偷地告诉我道："早上五大七的人一听到你调到这里来了，全中队热闹得不得了，大家都在议论你。"

"议论我，怎么可能呢？我同五大七的人一个也不认识，他们为什么这样议论我？"我不解地问道。

"你在五大三时名气可大啦，说你有能力、有魄力，能把生产副的关系户——当红的劳动大组长萩似桧斗败，并将其送进严管队，是个很了不起的人物。再加上生产副方丙权上个月刚调到这里，这个月你也被调过来了，这不是太巧合了吗？虽然五大七的人都不认识你，但你的名字早被大家所熟悉了，你现在也一下子成为五大七的焦点人物了。"

听了老祝所说的一番话后，我如梦初醒、恍然大悟，藏在心里的满腹疑团瞬间被彻底破解。我觉得自己今后在五大七的改造之路不会平坦，而是曲折崎岖，我必须高度重视和做好足够的思想准备。

晚上小组学习结束后，我就去洗了澡，回来后感到有些吃力，因扫地这活儿，看似比较轻松、单调，但如果一天到晚都在不停地扫，还是比较吃力和辛苦的。再加上刚到这里，人生地不熟的，小组内也没有交流谈心的对象，我就早早地背靠床头眯着眼睛休息了。但我的脑海里一直回放着早上在车间牛皮说的话和黄昏在大厅老祝说的话，我心里明白牛皮说的话，既有试探性和暗示性，又有挑战性和威胁性。他想先给我一个下马威，然后让我臣服于他；老祝说的话，既向我告知实情，为我破解谜团，又流露出他对我处境的关心和担心，是发自内心的。我总觉得自己这次名义上是正常性的调监，而实际上是只身闯龙潭虎穴啊！

这一夜，我想得太多、太久，根本没有睡好觉，导致第二天早上头脑昏沉沉的，到车间后，我只好强打起精神去完成自己的清洁任务。

三

刚开始几天，或许牛皮手头有点忙，对我没有过多的管束和刁难，我感到扫地这活虽然有些脏和累，但还是比较自由和单调的。但不到一周时间，他对我的管理就严格起来了，故意刁难找碴儿的情况也相继出现了。比如我扫地扫累了，稍坐下休息一会儿，或者他发现哪条小通道上有点垃圾出现，就会当着大家的面，毫不留情地批评和指责我，使我感到很没面子。

我心里明白牛皮是存心找我的麻烦，他的由头是我工作未做到位，被他抓住了把柄，使他有借机批骂我的理由。我对他的批骂只好默默地承受，犹如哑巴吃黄连，有苦往肚子里咽。

但我有时想想，他这样做也太过分了，我在尽心尽力地扫地，一天到晚基本上在车间里转个不停，实在感到脚酸手软时，才坐在角落里稍休息一会儿，这不是很正常的现象吗？哪有扫地一天到晚一刻也不停地扫着的，谁吃得消啊！除非是机器人。还有这么多的小通道和转弯抹角处，一天到晚不出现一点垃圾，这是根本不可能的事情。比如有时我这边刚打扫干净，那边又有新的垃圾扔出来了，有时甚至我人还在前面扫，而我身后的人又把垃圾扔出来了，怎么能保证我的包干区域内一天 24 小时清洁无垃圾呢？谁能做得到呢？他对我提出的这个过分、苛刻而不合情理的要求，简直是鸡蛋里面挑骨头，无事找事、别有用心。

一天下午，我在扫地时发现劳动二组一个搞小烫的同犯脸色苍白如纸，全身大汗淋漓，眯着眼睛斜靠在料堆上。我慌忙过去问他："哪里不舒服？怎么满额是汗珠？脸色怎么这么难看呢？"

他说："我也不清楚，只感到头晕眼花，全身无力。"

我看他这个样子，估计是中暑了，就慌忙跑到发药员那边拿来十滴水给他喝，但喝后过了一会儿效果仍不明显，我叫旁边的人看着他，自己又连忙跑到发药员那边拿来刮痧器具给他刮痧。过了一会儿，他的身体症状明显改变了，额上汗珠不见了，脸色也红润起来了，我正在为他庆幸及为自己的作为感到有一丝成就感时，突然监区的生产副来车间检查了。他在检查时看到几条小通道上有几处垃圾未及时清理掉，就当场批评了分监区的生产副及劳动大组长，说他们对车间的环境卫生不重视，通道上有垃圾未落实专人清理。

等到监区生产副离开车间后，牛皮就迫不及待地来找我，劈头盖脸地把我骂了一顿。我向他解释自己扫地时看到同犯中暑了，而且很严重，我去帮他拿药及刮痧去了，才耽误了搞卫生。他听后不但不理解，反而说我不务正业、多管闲事，说拿药刮痧是卫生员或小组长的事，用不着我瞎忙。还说因我未及时清理，导致卫生包干区域有垃圾存在，害得他们被监区生产副批评了一顿，牛皮还当即宣布将我报分监区领导予以训诫一次处理。

对于牛皮对我做出的批评及提出的训诫处理意见，我很不服气，并反问他道："我虽然耽误了清扫垃圾的时间，但我是去帮助中暑的同犯拿药和刮痧去了，这有什么不对？难道治病救人没有清扫垃圾重要吗？我认为自己没有做错，我不仅这次这样做，如果下次遇到类似情况，我还会这样做。你爱怎么报告就怎么报告，爱怎么处理就怎么处理，我无所谓，也不后悔，我坚信，是非自有公论，公道自在人心。"

四

一天下午，我扫地扫到劳动三组时，老乡同犯祝一清看到我脸色不好，精神不振，就关切地问我道："品书记，你今天脸色这么难看，是否身体不舒服？若有病不能硬扛着，应及时向警官报告去医院看医生。"

我说："我没病，也没有什么不舒服，可能昨夜睡觉没有睡好，这没关系的，晚上多睡些时间补回来就是了，谢谢你对我的关心。"

"那可能是营养不良或心事太重造成睡眠不好，我晚上给你送点牛奶、鸡腿及五香蛋等补补身子，请你不要推辞好吗？"祝一清关切地道。

"老祝，你的心意我全领了，但东西请你不要送过来。我那边牛奶、鸡腿等食品都有，如果你送过来，我没地方放又要反送还你，这又何苦呢？"我回答道。

"品杰，你不好好扫地，站在这里与人家聊天，这像话吗？难道你还要我再次报生产副对你做出处理吗？"牛皮用手指着我批评道。

"牛皮，谁规定扫地时就不能跟人家说话的？你没有看到我的两只手仍在不停地扫着地吗？你也不是经常在工作期间站着或坐着与人家讲话聊天吗？你为何光批评别人而不批评你自己呢？"我反问道。

"你一个扫地的有什么资格与我比，我同人家讲话是生产上的需要，是中队领导给我的权力，你管得着吗？你讲话就是聊天，就是违反劳动纪律，我就有资格管你、处理你。"牛皮气急败坏地道。

"你劳动大组长有什么了不起的，我可见得多了。你认为当上劳动大组长就可无法无天了，就成为五大七的牢头狱霸了？我告诉你，监狱里三令五申要打击牢头狱霸，实际上就是打击你们这些人。你只准自己放火，不许其他同犯们点灯的做法是行不通的，你作为一个骨干犯，就要严于律己，为同犯们树立一个榜样。我再次提醒你，你若今后在工作期间与其他骨干犯或大班犯聊与生产上无关的话题同样是违规，我不仅要盯牢你，而且还要举报你。"我一气之下，把牛皮反训了一顿。

"你要管我讲话，举报我聊天，真是反了。一个干最低级活的人渣，还要举报我劳动大组长，真是不自量力。品杰啊品杰，你真是聪明一世，糊涂一时啊！你不去打听打听我牛皮是犯什么罪进来的？现在我告诉你吧，是打人进来的。你若再顶我逼我的话，我的忍耐是有限度的，当心我控制不住情绪把你也揍一顿。"牛皮威胁我道。

这时的我非平时之我，自我调到五大七以来，心情没一天好过，干扫地这个被人瞧不起的下等活，不仅被同犯们耻笑，而且还时不时地遭到牛皮的批评、训骂和处罚。昨天因帮中暑同犯拿药、刮痧而被训诫处理，今天与老乡同犯讲几句话，还被牛皮恐吓要揍自己，我的耐心和理智已被牛皮耗得所剩无几了。当我一听到牛皮说要动手揍我时，心中的熊熊怒火一下子爆发出来了，我猛然想起徐悲鸿所说的那句话："人不可有傲气，但不可无傲骨。"于是我连忙用手指着牛皮的鼻梁反吓道："牛皮，你有种、

彼 岸

有胆量尽管动手，你若敢揍我一下，我就反揍你两下，不信，你就试试吧！"

我的这一句挑衅式反吓，把牛皮搞蒙了，使他处于左右为难、骑虎难下的尴尬境地。他本想吓吓我，使我知难而退，谁知道我却不依不饶、步步进逼，使他下不了台阶。他心里明白，不管自己有理无理，只要先动手打人，就必定会被扣分，那劳动大组长的位置也可能不保，这是得不偿失的买卖。但他又转念一想，如果自己说出去的话不作数、放空炮，人家认为他被我吓倒了，向我认怂了，这不仅是打自己的脸，还会被周围的同犯们看笑话，今后如何在五大七立足呢？他看看我一副嘲笑他的面容，再看看围观的同犯们都用好奇的目光盯着他，便再也无法控制自己的情绪了。他觉得人生在世，其他东西都可以丢，唯独面子不能丢。于是，他心一横、牙一咬，紧握起拳头，不计后果地朝着我的前胸猛击了一拳。说时迟，那时快，挨了一拳后的我，随即挥起双拳，以迅雷不及掩耳之势，朝着牛皮的头部和胸部各重击了一拳。当即，牛皮的嘴唇被击破而流血不止，他用手一摸，半个嘴脸被鲜血染得一片通红。

"打起来了，打起来了……"周围的同犯们一片慌乱，他们拉架的拉架，喊叫的喊叫，报告警官的报告警官。当班的生产副和其他几名警官立马赶到现场，平息了事态后随即把牛皮和我带到大厅及警官办公室做笔录去了。

随后，当班的民警还找了几个当时在现场的目击证人也做了旁证笔录。

下午3时许，我做完笔录后被生产副用手铐铐在大厅南侧窗

208

户的铁栅齿上，等待下一步处理，牛皮也被警官带到监狱医院治伤去了。

一会儿工夫，在家休息的指导员、中队长等领导陆续赶到车间，指导员了解了一些基本情况后，立即召开警官会议，商量对我和牛皮的处理决定。

我拳打牛皮的消息顷刻间在整个车间传得沸沸扬扬，大多数人认为我是好样的，是条汉子，牛皮这个人该打。因牛皮平时在中队里拉帮结派、横行霸道、为所欲为，不知欺侮过多少同犯。虽然大家都很看不惯他，甚至痛恨他，但对他的胡作非为却不敢反对他、顶撞他，个个只是敢怒不敢言罢了。

但今日我的举动总算让大家大开了眼界，帮他们出了口恶气。有好多同犯在现场目睹了我挥起双拳狠击牛皮，且把他打得鼻青脸肿、唇破血流的全过程。这样你传我、我传他，把我传得神乎其神的，大家都夸我是《水浒传》里的杨志再世，是专治牛二爷的顶天立地的大英雄。一时间，我又成为五大七的焦点和风云人物了。

下午5时许，我因暴打劳动大组长牛皮，经分监区警官会议研究决定，并报监区及监狱有关部门批准后，被管教和另一名警官送到严管队严管去了。当然，先动手打人的牛皮，也被分监区给予扣分5分处理。

要问严管队是一个什么样的地方，简单通俗地说，严管队是犯人们闻风丧胆的地方，被称为狱中狱。有人打比方说："如果把监狱比作人间地狱的话，那严管队无疑是十八层地狱了。"

每个监狱都有个严管队，关押在里面的人都是在各监区严重违规违纪的。当然，一般的违规是不会被送严管的，只有那些打架斗殴、敲诈勒索、破坏生产、私藏违禁品及扰乱改造秩序等严重违规违纪的人，才会被送到严管队接受更严厉的惩罚，如超强训练、罚抄监规等。

我被送进严管队后，无疑要经受各种磨难。这次被送严管的等级是二级，严管期一般在两个月左右。

五

时间一天一天地过着，我在里面已有半个月了，苦难也受了不少，每天都要上操场训练，练的项目跟入监队差不多，如队列、体操、快跑、长跑等，但强度不一样，起码要比入监队高出不知多少倍。每天晚上同样很忙碌辛苦，7时至7时半，统一安排看中央新闻，7时半以后就开始抄行为规范和其他准则及应知应会知识等，夜夜都起码要抄到12点钟左右才睡觉。

因白天训练强度大，夜里抄监规任务又重，再加上里面的伙食又差，大多是大米稀饭加豆腐乳，没有一点油水，我的身子一下子暴瘦了一大圈，体重起码下降了二三十斤，脸色也被晒得暗淡无光，简直像换了一个人似的，就是我的家人当面见到我，一时也很难认得出来。

周二下午，天下着蒙蒙雨，严管队里的30余名犯人，仍在操场上冒雨训练长跑，他们跑了一圈又一圈，一直在不停地跑着。到了三时半左右，雨渐渐地大了起来，大家的衣裤都淋湿了，教官请示了带队领导后向大家宣布："大家坚持跑三圈后收队回监。"

当大家跑了差不多两圈时，天空突然下起倾盆大雨来，每个人都淋得像落汤鸡似的，大家的眼睛已被雨水模糊了视线，连跑道都看不清楚了，大部分人都坚持不下去了。尤其是跑在前面的部分骨干犯，为了避开暴雨的锋芒，纷纷跑进跑道南端边上的大讲台下面避雨去了。由于雨水太大，确实难跑，教官及带队警官见状也未加制止。跑在后面的人看到跑在前面的人都跑到讲台下面去了，也都跟着他们陆续跑进了讲台底下的加夹层里去了。只有我一个人，没有跟着他们进去，而是按照教官发出的指令，冒着倾盆大雨，坚持跑完了三圈。

带队领导见状很是感动，当众表扬了我。说我服从指令、遵守规矩、不怕苦累，是好样的，并号召大家向我学习。

当晚 10 时左右，我就完成了当天的抄写任务。因我今天表现出色，受到表扬，还奖励我行为规范少抄 20 遍，人家都要抄 50 遍，而我只抄 30 遍。但我觉得身子骨有点不舒服，喉咙有点疼，还有鼻塞发烧症状，我估计自己是被冷雨淋感冒了。

到了凌晨 3 时左右，我的感冒症状越来越严重了，头痛剧烈、额头滚烫、呼吸急促，我估计自己发高烧了。但三更半夜的，自己又身处严管队，有什么办法呢？唯一的办法是咬咬牙，苦熬到天明再说。

第二天起床后，我的头痛就越发厉害了，连眼睛都睁不开了，早饭也根本不想吃。我向组长做了报告，组长看我脸色通红，用手探了一下我的额头，像火烧一样烫热，觉得我病得不轻，就随即去报告了管教。

吃过早饭，管教带着我及其他几个同样淋雨后感冒的犯人，到监狱医院看医生。医生检查后得知我的体温高达 42 摄氏度，属超高热，同时还患有肺炎，需要住院治疗。其他几个人中有两个高热须挂针治疗，还有两个是低热，医生给他们开了感冒药后由警官带回严管队了。

下午1时半，医生来病房查房，当他们查到我床位时，突然有个女医生看到我后惊讶地喊道："品镇长，怎么是你？你是什么时候进来的呀？你还认得我吗？"

我被这突如其来的声音搞蒙了，很久仍回不过神来；后经仔细查看后，才渐渐回忆起来，她就是当年在本镇卫生院工作的青年女医生蒋秋虹。当年我听院长说她考上了监狱的公务员，到监狱医院上班去了，想不到她就在黄龙监狱医院工作，今日还有缘在这里与她相见，真是太巧了。

"哦，我想起来了，你就是原来在洪溪镇中心卫生院工作过的，还担任过医院团支部书记的青年女医生蒋秋虹。当年听院长说你考上公务员后被分到监狱医院上班去了，原来就在这里上班，我们还有缘在这里见面，真是无巧不成书呀！至于刚才你问我什么时候进来的，为什么进来的，要回答这个问题，说来话长，一言难尽啊！待你有空时，我再慢慢地告诉你吧！我现在只能简单地告诉你两句话，我的罪名是受贿，刑期是五年。"

"那好吧，等我查房结束后再来找你好好聊聊吧！你现在什么都不要想，安心在这里养病就是了，你患的是重感冒加轻症肺炎，在这里要住一段时间，你心中有数就好了。"蒋医生道。

"知道了，谢谢蒋医生！"我答道。

蒋秋虹是北山县沿湖镇人，她就读于江北温西医学院，2008年毕业后被分配到北山县洪溪镇中心医院任内科医生。她长得亭亭玉立、貌美如花，又积极上进、活泼可爱，人缘特好，曾任医院团支部书记及镇团委副书记。她不仅人长得漂亮，还有一副好嗓子，无论主持节目还是演唱歌曲都很有天赋。她在洪溪工作期间，凡镇里举办的各项大型文体活动，总少不了她的主持或演唱。她在洪溪的知名度很高，影响面很广，当时我任镇长时也很看好她。后因她为了自己的工作和前途考虑，才去报考监狱医院招收的公务员，正式被录取后才调离了洪溪中心医院。

下午3时左右，蒋医生回来了，她坐在我床位对面的空床位上，亲切地问我道："品镇长，你受苦了！你是怎么进来的？什么时候进来的？又为什么被送进严管队的呀？像你这样正派、规矩的干部，被送进监狱改造后，还被送到严管队严管，这简直使我难以相信、理解和接受，你能否同我说说其中的原委和苦衷？"

听蒋秋虹这么一问，我心里即刻泛起了一阵无奈和酸楚的涟漪，眼眶也渐渐湿润了。我就把自己遭人陷害被判五年，2012年春节后入狱；先被分到五大三改造，中间因受洪溪镇受贿窝案牵连，而被拉回北山看守所配合侦查；从北山回来后被调监到五大七改造，后因无法承受五大七劳动大组长牛皮的打压和欺侮，在挨了一拳后，举手还击了他两拳，致他面部受伤唇破血流，最后被送进严管队接受二级严管处理等详细情况，一一向她做了介绍和说明。

蒋秋虹听后，对我的不幸遭遇及痛苦经历非常同情，她沉思良久后对我道："品镇长，对你以前所发生的悲剧木已成舟，我也无能为力了。对眼前的事情，我尽量为你提供一些力所能及的照顾和帮助。我的想法是这样的，严管队那边你尽量不要回去了，我给你开个肺炎需要住院治疗两周的证明书，先递交给严管队。然后我再同严管队及其相关部门的领导沟通一下，以你前期在接受严管时的突出表现为由，尽量将你的严管级别降下来，严管期也争取从原定的两个月降至一个月。如果能成功的话，你在这里住院两周后严管期已满，出院后就可直接回五大七了，你看这样的思路和设想可以吗？"

"能这样太好了，就是麻烦你了，蒋秋虹，你是我人生最无奈、最痛苦时所遇到的又一个贵人啊！"我心情无限激动地说。

"那就这样定了吧，你在这里安心养病，那边的事我尽量努力争取吧！"蒋秋虹果断而又谦虚地道。

周五中午，我刚吃过中饭，突然住院部主任到病房找我，说有人找我谈话。我跟着他到达四楼大厅时，只见昭君早已在此等候。她一见到我就迫不及待地迎了上来，两手紧紧地握着我的两只手，两眼盯着我上下打量了一番后道："品书记，你受苦了，听说你被送严管后又住院了，我好担心啊！你现在身体好些了吗？"

"好得差不多了，你不用担心，我没事的。你是这么知道我被送严管的？又是这么找到这里来的？"我好奇地问道。

"自你被送进严管队后，你的几个好兄弟从五大七犯人中得知了此消息，他们对你的不幸遭受痛苦万分，对害你被送严管的牛皮恨之入骨，并说出去后一定要报复他。当然，他们也有你这个好兄弟而感到自豪和骄傲，你刚正不阿、不惧淫威，敢于在大庭广众之下拳击劳动大组长牛二爷，是个顶天立地的大英雄。我也是从他们口中得知你被送严管的，还说你的严管等级是二级，严管期长达两个月。我当时听到后感到非常的痛苦和不安，因我先前曾听进过严管队的犯人说过，严管队里的日子是很难过的，还说进严管队犹如进地狱。我担心你受不了这么长时间的苦日子，于是就暗下决心，一定要想方设法把你早日解救出来。心里虽然这么想，但怎么救？找谁帮忙？我迷茫了，甚至感到手脚无措了。我思考了一下后，突然想起我姐昭玲有个同学在市司法局当副局长，我觉得监狱也属司法系统的，它们之间肯定有联系的。于是我就给我姐打了电话，同她说了你的不幸遭遇后，并告诉她下午2时我到她办公室找她有事商量。当天下午我同我姐见面后，我姐又同丁副局长约好下午3时到她办公室与她见面。我们见面后向她告知了你的不幸遭遇及我俩的来意后，丁副局长也很同情你，她随即拿起话筒给自己丈夫的同学，现任黄龙监狱党委委员兼副政委的杨晓波打去电话，并对他说她有个亲戚在黄龙监狱五大七服刑改造，名字叫品杰。他在里面遭到劳动大组长拳击后，在忍无可忍的情况下还击了对方两拳，现被送严管队实施二级严管，听说严管时间要两个月左右。丁副局长还叫他亲自过问一下此事，了解一下情况，尽可能地把你的二级严管降至三级，严管期也从两个月减至一个月。杨副政委当时的答复是：如果你刚才反映的情况属实，将他送二级严管确实重了一些。但他又说这件事目前不能明确表态，因监狱里的处事不仅规范，而且都要依规依法，只有真正受到不公处理的人和事，上级才可督促下级重新调查复议及改变处罚决定。最后他同丁副局长说，他会主持公道、尽力而为处理好此事的。当时我们仨听了杨副政委的答复后，觉得他虽未明确表态此事一定能办好，但他已亮明了尽力而为办好此事的态度，认为此事还是有希望的。"昭君抬头看了一眼我后接着又说，"品书记，我今天费心费力地来到这里与你见面，其目的有二：一是你生病住院了，来看望你，还带来了一些补品和营养品给你补身子；二是告诉你上述这一切，使你心中有数，你的严管期有可能会减至一个月的。"

"昭君妹子，真的太难为你了，一而再、再而三地给你添麻烦，我实在过意不去，太感激你了。我在里面还可以，尤其是住院这段时间，日子过得比较舒服的，身体也好得差不多了，你一点都不用担心。你回去后同聪德、天霸、老王等也讲一下，说我一切都很好，叫他们不用担心挂念。"我既激动又发自内心地道。

9月底，五大七的衬衫及休闲裤生产业务合同已到期，衬衫和休闲裤加工生产利润太低，根本没有像西装加工生产那样高。监区领导决定，10月开始，五大七车间也改做西装加工生产车间，并明确国庆长假结束后立即转产。这件事对昭君来说，是件求之不得的大好事，一来她的业务范围扩大了，企业效益也增加了；二来她可以随时到五大七来指导生产、查验产品质量，同时也可以随时见到想见的人了。

我住院期间，有蒋医生的关照，日子过得还是不错的。我住在舒适的病房里，既不用参加劳动，又不用参加训练。每天上午躺在病床上挂吊针，下午可自由自主地搞些活动，如看电视、看书报、下象棋、打乒乓球等，日常生活挺丰富多彩的。

另外，病房里的伙食也不错，不仅与严管队里千差万别，而且比五大七也好了许多。每天早餐有鸡蛋，午餐、晚餐一般都有两个菜，鱼、肉等荤菜一周都能吃上好几次，偶尔还有营养水果分配。再加上蒋秋虹还经常给我带些补品、营养品补身子，我住院不到 10 天时间，身体就发生了明显的变化，如晒黑了的肤色渐渐地白起来了，瘦了的肉也慢慢地长回来了，身子骨也逐渐硬朗了起来。我这场雨没有白淋，反而因祸得福，提前逃过严管这一劫难，这可能就是"好人有好报""皇天不负苦心人"在我身上的印证吧！

六

时间过得很快，我住院治疗不觉已达两周，我的肺炎也已经痊愈了。因我在严管期间，包括住院期间，能遵守监规、服从管教，各方面表现良好，又加上有人为我说公道话，后经严管队领导研究决定，并报上级有关部批准后，同意将我的严管等级将至三级，严管时间降至一个月。

10 月 8 日下午 4 时许，我被五大七的管教从监狱医院接回五大七车间。同犯们看到我回来后，既诧异，又激动。诧异的是我的严管期明明都说是两个月的，怎么现在刚到一个月就回来了。而且人家严管回来都是瘦得像皮包骨头一样，黑得像包公的脸一样，可我的皮肤基本上没怎么晒黑，身子也没有瘦多少，与进去前相差不是很明显，所以大家无不感到奇怪和不解。激动的是他们认为我这个人正直善良、刚正不阿、敢爱敢恨、敢于同坏人坏事做斗争，是他们心目中的大英雄。对于我的提前回归，自然是激动不已，大家都情不自禁地拍手欢迎我的归来。

这时，正在五大七车间指导开机生产的昭君看到管教把我接回车间时，她悲喜交加，伤心和激动的泪水夺眶而出。她奋勇向前，伸出白净而略带颤抖的手，紧紧握住我的手不放，并上下扫视着我的身体，嘘寒问暖，其关爱程度胜过亲人。

　　而此时的牛皮，因父亲在上个月已退居二线，不再任总裁了，影响力明显下降。再加上他上个月又被我打得唇破血流，分监区领导还给他扣了5分，他在五大七的地位和威望一落千丈。他也知道自己后台已垮、大势已去，劳动大组长的位置也可能不保，故近期的言行举止也有明显的收敛，不再像以前那样目空一切、狂妄自大了。

　　当我从昭君口中得知五大七车间也改做西装加工生产后，我的脸上终于泛起了难得的笑容，我知道这一切都离不开昭君的努力和良苦用心。我目不转睛地盯着眼前这位多情多义、敢爱敢恨、柔中带刚的美女强人时，心潮起伏、五味杂陈，激动和伤感的泪水潸然而下。

　　自从五大七改做西装后，因工艺流程和工序科目与原先衬衫和休闲裤加工完全不同，再加上原生产副方丙权请长期病假疗养去了，接任他的生产副是从本中队民警中新提拔上来的新手，他对西装加工生产的业务也一无所知。劳动大组长牛皮及其他生产骨干等，对西装加工生产的技术和业务均十分陌生，车间刚转产时，大家手忙脚乱、毫无头绪，整个车间显得乱糟糟的。

　　为了使车间顺利转产，使服刑人员尽快掌握并熟悉操作工艺和技术，监区内聘师傅和厂方派遣师傅几乎天天在车间忙碌。他们除了理论讲解外，还进行面对面、手把手的指导和辅导。

　　我因在五大三干过西装制作的多道工序，业务上比其他同犯相对熟悉一些，再加上有昭君的提名推荐，分监区指导员曹聪慧眼识珠、任人唯能、不拘一格起用人才，敢于打破常规，把刚从严管队回来不久的我，提拔为后道成品检验员，由我负责把好成品入库质量关。

那本应出大力、挑大梁的劳动大组长牛皮，因失了宠，自身又失威，再加上他对西装加工生产业务一窍不通，竟然成了一个无所事事、无人问津的闲人。而我自担任后道产品检验员后，每天紧张工作、任劳任怨，我除了做好自己的本职工作外，还跟着昭君在车间里东奔西跑、忙这忙那，俨然成了中队里的劳动大组长。

元旦已过，春节将至。经过近三个月的艰辛和努力，五大七的西装加工不仅顺利转产，而且还开展得轰轰烈烈、有声有色，并取得了产量和质量的双丰收，实现了西装加工生产首季开门红的好成绩。同时还在监区年底召开的第四季度生产总结会上，得到了监区主要领导的充分肯定和高度评价。

本分监区也于农历十二月二十五日在二楼大厅召开了年度表彰会，对分监区全年的教育改造和劳动改造等方面的工作进行了总结。分监区领导在肯定成绩的同时，也查找出了一些存在的问题和不足，同时还对经评议员评选出来的，又经过分监区班子会议研究决定的先进集体和个人进行了表彰。我不仅被评为先进个人，受到了表彰，而且指导员曹聪还当场宣布："任命品杰为本分监区劳动大组长，牛皮的劳动大组长同时免去。"指导员话音刚落，大厅里顿时掌声雷动，经久不息。

就这样，经过四个多月的艰辛和努力，我终于在五大七站稳了脚跟，赢得了警官与同犯的赞扬和信任。

转眼间已到了春节，那是个能给犯人们带来快感和口福的节日，大家无不早早地数着指头盼着它早点到来。按常规，春节放假的时间是五天半，即从大年三十下午开始放至正月初五晚上为止。

春节期间，犯人们至少可享受三大福利：一是不用参加学习和劳动，每个白天和晚上都可以自行安排活动；二是可以参加分监区及监区组织的各项文体活动，比如唱歌比赛、象棋比赛、篮球比赛等，既能调节心情，又可锻炼身体；三是可以大享口福。春节期间犯人们的伙食是大有改善的，尤其是大年除夕的晚餐，大家均可享受到起码10个菜的桌菜。今年的菜单显示，这顿年夜饭的质量还是不错的，既有各种肉类菜，如猪肉、牛肉、禽肉等；又有海鲜、湖鲜类菜，如海鱼、海虾、海贝、海蜇及湖鱼、河蟹、甲鱼等；还有当地的特色小菜、时令蔬菜。主食是白米饭加粽子，酒水是无酒精的饮品，如王老吉、可口可乐及乳制品等。

每年都是从大年三十下午5时开始，全分监区150多名服刑人员欢聚在大厅里，边吃边喝边聊天吹牛皮。中间还有分监区一、二把手来敬酒（饮料），有时监区的主要领导也会来敬酒（饮料）。聚餐的下半场是以饮料做赌注，大家以划拳、猜谜、击碗或击鼓传花等形式玩个够，喝个痛快，这是犯人们一年一次最开心的一餐。

年夜饭结束后，大家均集中在大厅边喝茶嗑瓜子，边观看中央台春节联欢晚会，尽情欢度一年一度、普天同乐的除夕，一直看到晚上12时后晚会结束为止。这真是"共欢新故岁，迎送一宵中"。

此外，从大年初一开始至正月初五止，每餐伙食的质和量都有很大的改善。比如早餐以大米饭为主，要么加两个粽子，要么加两个馒头，同时每餐还都会配个鸡蛋。中、晚餐都有加菜，每餐一荤一素是肯定的，初三前还会加个特色菜和汤。

春节一过，我就走马上任车间劳动大组长，我很感激分监区领导对我的信任，尤其是指导员曹聪对我的重用和提拔。我决心尽自己最大的努力，把车间管理好，把生产抓上去，以报答他们对我的信任和提拔之恩。

我认为，目前本分监区车间虽然生产量和人均创值跃居全监区之首，产品质量也遥遥领先，但忽视了对车间的环境卫生、纪律秩序、安全生产及原材料的管理等方面工作，导致车间出现了环境差、秩序乱、纪律松、安全意识淡薄、面辅料浪费严重等状况。我经过分析后，决定将以下四个方面内容作为新官上任的第一把火先烧起来：一、整治车间环境；二、整顿劳动纪律；三、狠抓安全生产；四、狠抓增收节支。目标明确后，我选择了一个合适时间，专门找生产副与指导员汇报了自己的想法和计划。我对他们俩道："自本分监区车间改做西装以来，大家都把主要的时间与精力放在应付转产及提高产能和品质上去了，而忽视了对车间的现场管理，导致车间出现了环境卫生差、生产秩序乱、劳动纪律松、安全生产、物料管理不尽如人意等情况。比如平台通道垃圾随处可见、人员流动比比皆是、消防演练流于形式、原材物料浪费惊人、生产成本居高不下等，严重地影响了本分监区车间的形象、安防和效益。我认为，针对本分监区车间的现状及存在的薄弱环节，在全车间开展治环境、肃劳纪、抓安全、降成本、增效益等系列活动很有必要，且刻不容缓。我今天是特地找你们两位领导汇报我的思路和想法的，也算我新官上任烧的第一把火吧！若你们认为可行的话，那我就打算近日开始抓具体实施工作了。"

"可行，可行，品杰，你真行，你刚才对分监区车间的现状及整改的理由分析得很透彻和到位，我完全同意你的意见和建议，就按你的思路和方案，由你具体负责，即日起开始实施吧！"指导员夸奖道。

"我也完全赞同你提出的实施意见和整改方案，你大胆干吧，我会全力支持你的。"生产副道。

……

时间转眼已到了7月初，经过全面彻底的改革和整治后的五大七车间，确实变化很大。车间环境面貌焕然一新，运行秩序有条不紊，生产总量、产品质量及人均创值位居全分监区首位。在7月上旬五监区召开的半年度生产会议上，因五大七的各项生产考核指标得分为全监区第一，分监区指导员曹聪还在大会上做了典型发言。这不仅使本分监区获得了奖牌、锦旗等政治荣誉，而且还得到了大额的奖金和丰富的实物奖励。同时我也因大胆改革、勇于创新，尤其是在增收节支、废物利用方面贡献突出而被监区授予"优秀改造者"称号。

七

2014年10月下旬，我接到管教通知，说我在监狱里的假释排队已排到了，下个月就可以正式呈报了，这个消息对我来说，无疑是个天大的好消息。

我的刑期至今年7月已经过半，报批假释时用分数换算的表扬数也已达标后，才由分监区报到监区再报到监狱里去排队。因我前期改造不顺，可以说是多灾多难，导致我的月平均分较低，所以我的假释在监狱里足足排了四个月后才好不容易排到。

2014年11月初，我填报了假释呈报表后，由分监区改积会主任初验合格后再呈报分监区管教审查，因各方面条件均符合，可进入测评。

11月10日下午，分监区召开点评会，会议的最后一项议程是对今年11月呈报的减假人员进行测评。本次测评对象共有7名。其中呈报减刑的有4名，但监区分配下来的指标只有3名，差额一名；呈报假释的有3名，而监区分下来的指标，包括我由监狱戴帽下来的只有两名，也是差额一名。

本次测评也和往常一样，分两个层面进行，即犯人评议员测评和警官测评，双方各占50%。

测评开始前，每个受测人员均要上台向大家述职，即将自己的基本情况及在考核期内的表现情况进行一个自我小结，时间一般控制在5至10分钟。待全部受测人员述职完毕后，再进入测评程序。

测评顺序是先犯人评议员测评，后中队警官测评。由主持人宣布测评开始后，再由监计票人把事先打印好的测评票发到各评议员手中，然后由他们对测评对象打"√"或"×"。

本次参加测评打分的评议员共有99名，测评结果揭晓后，我所得的赞成票98票，属于特高票通过。后经分监区15名警官测评后，我获得全票通过，像我这样高的得票率，近年来五大七很少出现，是个十分罕见的高得票率。

当然，本次测评除了我外，其他6名呈报对象也通过了测评。但由于受名额的限制，这6名测评对象中，得票率最低的减假对象各被淘汰了一名，本次正式呈报上去的共有5名。

测评通过后，接下来还有大量的呈报手续与程序要办理和落实。具体有分监区审核公示后上报至监区；监区审核公示后上报至监狱；监狱审核公示后上报至当地中级人民法院等。

我的假释正式上报上去后，这就预示着我在不久的将来可以假释回家了，我随即给五大三的三位兄弟写去了报喜信。我在信中告诉他们，我的假释经过分监区测评后已上报到监区那边去了，如果一切顺利的话，三个月内会上报到市中院，四个月内裁定书一般会下来。同时我还再三叮嘱他们一定要好好改造，少违规、多得分，争取早日回归，我在外面等着他们出来会聚。最后，我还给他们写了详细的通信地址及今后启用的手机号码。

2015 年 2 月 8 日，我突然接到管教转交的监区通知，叫我明天上午开始转到出监队接受一个月左右的出监教育。

出监队是一个什么机构？它的功能又是什么呢？出监队是监狱对刑期将满且在一两个月内要离监的服刑人员进行出监教育的一个专门机构，也是服刑人员服刑生涯的最后一站。

出监队的功能是：通过出监教育培训，帮助服刑人员巩固前期的改造成果，提前了解与适应外部世界的形势和环境，熟练掌握一些符合自己专长的实用技术和谋生技能，为顺利回归社会奠定基础，以预防与减少他们重新犯罪的概率。

出监教育的对象是全监余刑在一个月左右的服刑人员。出监教育的内容：一是当今社会及经济发展现状教育；二是政治思想及人生观、价值观教育；三是当前法律法规及有关政策教育；四是心理健康和身体素质教育；五是社会责任感和归属感教育。

第二天早上 7 时半，我被分监区管教送到了出监队（出监分监区），接下来我要接受一个多月的出监教育。

我进到出监分监区后，第一感觉是这里对服刑人员的管理相当宽松。如作息时间宽松不紧张，车间劳动量明显减少，基本上是半学半工状态。自由活动，尤其是去户外活动的时间明显增加，几乎隔天就会安排到操场上活动一次，要么晒晒太阳，吸收新鲜空气，要么训练步伐或跑跑步，要么打打篮球或羽毛球等。此外，在室内学习教育的形式也是多样化的，根据课程安排，有听专家、教授视频讲座的；有听监狱及相关部门领导点评讲话的；有到车间现场参观及参加实用技术训练的；有参加各种演讲会、座谈会及交流会的；等等。

出监教育进入第三周时，根据课程安排，本周三下午 1 时半，出监分监区在五楼大厅举办回归座谈交流会。参会对象是出监分监区的五个组 70 余名服刑人员，其形式是上半场集体座谈发言，下半场一问一答沟通交流。同时出监分监区还物色了五位代表性人员，接受其他人员的对口提问，并向他们做出对应解答，我也被选在其中。

当座谈交流会进入下半场问答环节时，坐在下面的服刑人员纷纷举手向坐在前排反面朝向位置的五位代表性人员提问求答。

二组的老杨向原企业老板唐寅提问道："唐寅同犯，你好！刚才听管教介绍，你在外面时是个大老板、大企业家。还听说你的两个儿子都很优秀，你进来后能子承父业，同样把企业办得红红火火的。我想借此机会，请教你一个问题，为什么在现实社会中，富家子弟一般都要比普通家庭的子弟优秀得多、有出息得多？你们是怎样培养出来的？"

唐寅稍思考了一会儿后答道："这是相对而言的，而不是绝对的。富家子弟中也有一部分不争气、不成材的花花公子，而普通家庭子弟中也有一部分有出息、事业有成的青年才俊。但从比例上来推算的话，后者明显少于前者。这是为什么呢？我认为主要有以下四个方面的原因：一是遗传基因不同。社会上有一种流行说法，叫作'龙生龙，凤生凤，老鼠生儿打地洞'。这说明每个人的遗传基因很重要，富家子弟因受父母基因的影响，他们大多有着良好的天赋和高水平的智商，为日后的成长成才奠定了良好的基础。而普通家庭的子弟大多没有这方面的优势，他们的人生起跑线明显落后于富家子弟。二是受教育程度有别。富家子弟因家庭条件优越，从小学开始就能接受到良好的教育，他们读的是名校，教他们的是名师，而且学历起码是硕士、博士研究生，大多还要到国外留学深造。而普通家庭的子弟，读的是普通学校，有的甚至是垃圾学校，就读小学、初中时，每天做完作业后还要帮助父母干活做家务。同时他们上的大学很少有名牌大学，大多是二本、三本院校，他们所学的知识和所见的世面远远不及富家子弟。三是家庭背景悬殊。富家子弟的家庭，经济基础良好、后台背景强大、人脉资源丰富。再加上有父母的成功经验可借鉴，他们从小就养成了独特的性格和脾气、强大的自信和魄力、高超的协调和处理事务的能力。而普通家庭的子弟却没有这方面的优势，他们与富家子弟相比明显处于劣势。四是思维与格局各异。富家子弟所见的世面广，思维敏捷，情商高，从小在父母的熏陶下，懂得商场似战场，以及弱肉强食、适者生存的丛林法则。善于社会交际，懂得抱团取暖，并有主见和胆识、格局和气场，能够办成大事、创出大业。而普通家庭的子弟，只知埋头苦干、辛苦赚钱，不懂得升级自己的赚钱方式和策略，更不懂得搞资本运作。虽然普通家庭的子弟中，也有相当一部人在经商办企业，但他们大多是小打小闹、满足于现状、小富则安、小进则满，不敢冒险扩大规模，更不敢筹资搞负债经营，他们的作为很难形成大气候，办成大事业。"唐寅抬头环视了大厅一周后又接着道，"各位领导、各位同犯，以上是我的粗浅分析、个人观点，可能有些片面，不当之处，请大家批评指正。谢谢！"

唐寅话音刚落，大厅里随即响起雷鸣般的掌声。

"刚才唐寅讲得很好，分析得也很到位，我相信对大家肯定是有所启发和帮助的。下面大家继续提问。"主持人道。

"我向老任同犯提个问题，听说你进来前是市政府办公室主任，有关政策方面你肯定是很懂的。我现想借此机会向你了解一下，我们坐牢的人出去后，当地政府对我们在生活上、就业创业上有哪些扶持政策？"老吴提问道。

"服刑人员出狱后，当地政府及有关部门的扶持和照顾政策是很多的。"老任认真地答道，"具体有以下五个方面：一是可向当地民政部门申请领取过渡性困难补助金，但这个标准是全国不统一的，具体数额按各地区的有关规定领取。二是可向当地社保机构申请领取失业保险金。只要你因判刑被解除劳动合同，出狱后均可申请领取。三是可向当地人民政府申请生活安置。根据《监狱法》第三十七条规定，对刑满释放人员，当地人民政府应帮助安置生活，若丧失劳动能力又无法定赡养人、抚养人和基本生活来源，由当地人民政府予以救济；若家庭人均收入低于当地最低生活保障标准的，各级民政部门应将其纳入当地最低生活保障范围。四是可向当地社保机构申请重新参与养老保险。对于判刑前已参加企业职工基本养老保险的，刑释后又重新就业的，社保机构应按国家有关规定，为其接续养老保险关系。五是可向当地政府及银行申请创业基金和低息贷款。如果你出去后要创办企业、实业，可向当地人民政府申请领取创业基金，同时也可向当地有关银行申请部分低息贷款。上述政策都是有明文规定的，你们出去后可向当地人民政府及相关对口部门申请一下，是有希望得到解决落实的。我向你们介绍的就这些，可能各地区之间有差异，你们出去后再向当地有关部门深入了解一下即可。谢谢大家！"

老任介绍一结束，会场里又掌声阵阵，经久不息。

"刚才任锡介绍得很全面，大家出去后按他的提示去努力争取吧！下面提问继续。"管教道。

"我向品杰同犯提个问题。"一组同犯老邓道，"都说勤劳能致富，从社会现状看，勤劳的人大多难致富，而致富的人大多不勤劳，这是为什么？你在乡镇当过书记，对基层的情况比较了解，请你解释解释这个问题好吗？"

"那我就谈些个人看法吧！"我沉思片刻后回答道，"社会上流传着这样一种说法，叫作'勤劳一日，可得饭食；勤劳一月，暖穿饱食；勤劳一年，宽裕过年'。这说明勤劳能丰衣足食，能彻底解决温饱问题。但勤劳不可能给你带来多少财富，更不可能使你的家庭发大财、致大富。为什么这么说呢？勤劳的人基本上是从事一些无技术含量的体力劳动，他们有的是老农民，有的是离乡背井的打工者，有的是搞搬运的工人，有的是快递外卖小哥。他们只知道埋头苦干挣些小钱，不懂得价值观念和成本观念，更不懂得用脑赚钱，用钱赚钱，用信息和科学技术赚钱。他们每天都在干些粗重活、辛苦活、廉价活，这种赚钱模式能发家致富吗？当然不可能的。我认为，当今社会，要想发大财、致大富，靠的不是勤劳苦干，而是头脑、信息、机遇、人脉、资本、眼光和魄力。你至少能具备上述中的几项，再加上你的勤奋和努力，才有发家致富的可能和希望；否则，你要想创造和积累财富，永远只是理想和梦想。这就是勤劳的人难致富、致富的人不勤劳的根源所在。当然，这只是我个人的看法和观点，可能分析得不是很准确，仅供大家参考，谢谢大家！"

话音刚落，大厅里顿时又响起了一阵雷鸣般的掌声。

"品杰讲得很好，分析得也很到位，大家提问继续。"管教道。

……

直至下午五时半，座谈交流会圆满结束，并收到了预期的效果。

2015年2月3日，市中院对我的假释案由进行了公开审理。

2015年3月5日，我收到了由监狱转交的市中院发出的《予以假释裁定书》，同日下午，出监分监区管教打电话通知我家属于6日上午九时来监接我回家。

2015年3月6日上午10时许，我等当天释放人员在出监分监区警官的陪同下，办理了出监的所有手续后，被送出了监门。

我的家人及亲朋好友30多人，他们有的捧着鲜花，有的提着新衣服，有的拿着高档的食品和饮料等，早早地在门口等候。

10时15分左右，漆黑而高厚的狱门徐徐打开，只见一队统一穿着蓝色新衣、脑袋光秃秃的人员，从里面走了出来。这些都是今天出监的原在本监狱服刑的减假人员，而我也在其中。

　　我的家人及亲朋好友看到我出来后，都争先恐后地迎了上来，他们拥抱的拥抱、握手的握手，个个心情异常兴奋和激动。

　　尤其是我的母亲和妻子，她们俩不仅紧紧地搂着我不放，而且还失声痛哭起来。一颗颗滚烫的泪珠滴湿了我的肩膀和前襟，同时也滴痛了我那颗伤痕累累的心。此时此刻、此情此景，既悲壮，又感动，使我及在场的人均情不自禁地流下了伤感的泪水。

　　嘎吱突然一声闷响，只见一辆红色轿车疾驰过来，在人群旁边停下，车内下来一女一男两个人。那女的是我的姐姐品君，男的是我父亲因申诉为我聘请的李律师，他是北山华英律师事务所的律师兼主任。只见他大踏步走到我跟前，紧紧地握着我的手道："品杰，我是你父亲聘请的律师，我们今天虽然是第一次见面，但我对你的名字非常熟悉，对你的案情也了如指掌。我今天和你姐一起赶过来，是向你道喜和报喜的。道喜是因你今天终于获得了假释而离监出狱了，这是大喜事，我向你道喜祝贺。报喜是因我下面有一个振奋人心的大喜事要向你报告，你父亲委托我为你多次改写后送交市中院的申诉材料，经市中院有关部门反复调查核实后，已决定予以立案再审，现已向你家人寄发了《予以立案通知书》。刚于今天上午寄到你家，正巧被从外地赶回来而晚出发接你的你姐收到了，她立即给我打了电话，我感觉这是天大的好事，就随即赶到你家与你姐姐见面，然后就跟着你姐一起赶到这里为你报喜来了。品杰，任何一级法院对申诉立案再审的例子少之又少，今市中院能为你的案子决定立案再审，这可以说是奇迹啊！"

　　这从天而降的喜讯，既使我的家人和亲朋好友异常兴奋和激动，又使蒙冤受屈、饱受牢狱之苦的我再次泪染衣襟。

　　我不禁抬头仰望太空，觉得今天的阳光特别温馨和美丽，我深深地吸了一大口气后，觉得今天的空气特别纯洁和清新。

　　同时，我也终于感悟到：国家的法律永远是神圣和严明的，真理和正义有可能会迟到，但永远不会缺席，我企盼着这一天能早点到来。

　　经过半个多小时的亲人会聚后，我及亲朋好友等一众人马，分别坐上五辆轿车和一辆中巴面包车，个个心情愉悦、喜笑颜开。车队迎着光辉灿烂的春晖和扑面而来的春风，渐渐地离开了监狱，驶向了高速，浩浩荡荡地向着我阔别了多年且梦寐以求的故乡——北山县城进发。

　　（本作品内容包括地名、人名皆为虚构，如有雷同，纯属巧合，请勿对号入座）

后　记

　　本人创作的监狱题材小说《彼岸》终于与大家见面了，这是我花了一年半的时间和精力才换来的成果。

　　监狱历史悠久，称呼繁多。旧时称夏台、羑里、囹圄，后又称监牢、牢房、班房，现统一称之为监狱。它既是我国的一个刑罚执行机关，又是一所教育罪犯、改造罪犯、重塑罪犯的特殊学校。它虽然也像外界的机关单位一样，每天运转中都会发生一些情况和事情，但由于它的环境封闭性和运行独立性，导致外界的人对其内情了解甚少。除了进过里面的人外，即使其他人有所了解，也只是从路廊头听到或在手机、电脑、影视剧中看到的零星片段，既不真实，又不全面。

　　鉴于此，本人便渐渐地萌发了创作本小说的想法和兴趣。因本人对监狱颇有了解和研究，曾考察过多所监狱，走访过多位从各监狱出来的刑释人员，还亲身体验过监狱生活，对监狱内情知根知底。于是，本人便决定把自己所了解到的情况及体验过的经历，作为创作的基本素材，再赋予符合情理的故事情节及个性鲜明的人物角色，将其创作成一部纯监狱题材的长篇小说。这样既可方便读者了解监狱内情,又可配合监狱推进狱务公开的深度和广度,可以收到一举两得的效果,这也算是本人创作本小说的初衷和目的吧!

在本小说的创作和出版过程中,我有幸得到了台州市文联原副主席沈雷老师、浙江天台经纬印业有限公司及车亚凤老师、文汇出版社及乐渭琦老师等的关心、支持和帮助,使我的书能按正常程序和预期目标成功出版。为此,我谨代表本人,向以上单位和老师致以崇高的敬意和衷心的感谢!